瑞蘭國際

瑞蘭國際

瑞蘭國際

瑞蘭國際

日本媽媽
教你的 新版
美食萬用句

元氣日語編輯小組　編著

おいしい日本語を「ぎゅっ」と集めた1冊がこれ！

　「日本語は話したいけれど、覚えるのが苦手」、「おいしいものを食べるのが好き」、「日本の家庭料理を作ってみたい」、そんな人たちにぴったりの【おいしい本】ができました！簡単なフレーズばかりですが、日本を味わうのに必要な役立つ日本語が「ぎゅっ」とつまった1冊です。必死になって暗記する必要は一切ありません。つねに持ち歩き、必要なときに取り出して使いましょう。

　内容は、実用的な【おいしい単語】が分類別になっているほか、【おいしい場面】で必要なフレーズが、シーン別に紹介されています。ラーメン屋に入ったとき、「細麺でお願いします」（麻煩要細麺）と言えれば、お好みの麺で、よりおいしくいただくことができますし、お店の人に「また食べに来たいです」（還想再來吃）なんて声をかけられれば、【おいしい関係】が築け、次回おまけしてもらえるなんてこともあるかもしれません。これらの単語やフレーズは、暗記するこ

となしにいつでも取り出し、口にすることが可能です。ほしいと思った単語が、すぐさま日本語になるというわけです。

そのほか、日本での食事マナーや家庭料理のレシピなど、「食」に関わるあらゆる日本語が網羅されています。ですから、日本語を味わいながら【おいしい日本語】を身につけることが可能です。料理をしていたら、日本語も身についちゃった……なんて、ちょっと得した気分になりませんか。

また、本書にはすべての日本語にローマ字が付記されていますので、付属のQRコードをスキャンして音声を流せば、基本の五十音を学んだことのない初心者の方でも、すぐに正確な日本語を口にすることができます。

そろそろ頭とおなかが空いた頃ではないでしょうか。さあ、いっしょに日本語を自由自在に操り、日本を満喫しましょう。いただきます！！

元氣日語編輯小組
こんどうともこ

美味日語，盡在此書！

　　「想說日語，可是記不起來」、「喜歡吃美食」、「想試著做做看日本的家庭料理」，針對這樣的人的【好吃的書】，就此誕生！本書雖然只是簡單的萬用句，卻是把品味日本必備且派得上用場的日文通通集結在一起的好書。您完全不需要拚命死背。經常帶在身邊，需要的時候就拿出來用吧！

　　本書的內容，除了將實用的【好吃的單字】分門別類之外，還用【好吃的場景】將必備的句子依場景一一做介紹。像是進拉麵店時說「細麵でお願いします」（麻煩要細麵），就能享用到自己喜歡且更好吃的拉麵；又如跟店裡的人說「また食べに来たいです」（還想再來吃）之類的話，就可以構築【美味的關係】，說不定下次還可以免費獲得招待。這些單字或是句子，不用背起來，只要隨時拿出來，就能琅琅上口。也就是說，一旦有想用的單字，可以立刻變成日語。

此外，本書也網羅在日本的用餐禮節、或者是家庭料理的食譜等等，所有和「食」相關的日文。所以，您可以一邊品味日文，一邊就把【好吃的日語】學起來。做菜還可以學會日文……，豈不是一舉二得？

　　又，由於本書所有的日文皆附上羅馬拼音，所以若能掃描所附的QR Code播放音檔，凡是學過基礎五十音的初學者，任誰都可以立刻說出一口正確的日語。

　　說著說著，您是不是腦子和肚子都空了呢？那麼，就讓我們一起自由自在地運用日文，好好品味日本吧！開動！！

元氣日語編輯小組

こんどうともこ

如何使用本書

在學習美食萬用句之前，
您可以先學會「美食萬用字」以及
「用餐禮儀」……

PART 1的「日本媽媽教你的美食萬用字」

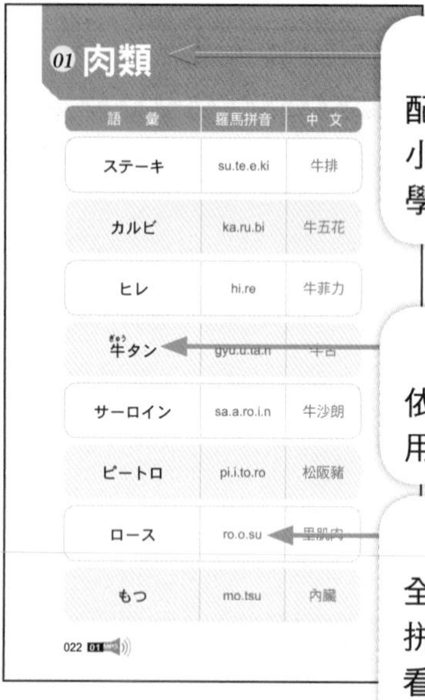

01 肉類

語　彙	羅馬拼音	中　文
ステーキ	su.te.e.ki	牛排
カルビ	ka.ru.bi	牛五花
ヒレ	hi.re	牛菲力
牛タン	gyu.u.ta.n	牛舌
サーロイン	sa.a.ro.i.n	牛沙朗
ピートロ	pi.i.to.ro	松阪豬
ロース	ro.o.su	里肌肉
もつ	mo.tsu	內臟

022 01 🔊))

主題

配合六大類二十八個
小主題，認識美食必
學的相關萬用字！

單字

依照分類，精選最實
用的相關單字！

羅馬拼音

全書日文皆附上羅馬
拼音，只要跟著唸唸
看，您也可以變成日
文達人！

006

PART 4的「誰都要會的用餐禮節萬用句」

主題

六大類各式用餐主題，不僅讓您同時學會日本料理、西餐和中餐等等的用餐規矩，也在不知不覺中學會其日文說法！

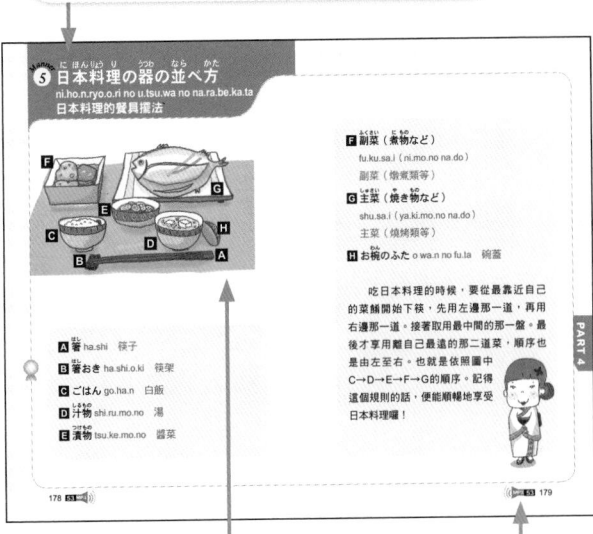

⑤ 日本料理の器の並べ方
ni.ho.n.ryo.o.ri no u.tsu.wa no na.ra.be.ka.ta
日本料理的餐具擺法

A 箸 ha.shi 筷子
B 箸おき ha.shi.o.ki 筷架
C ごはん go.ha.n 白飯
D 汁物 shi.ru.mo.no 湯
E 漬物 tsu.ke.mo.no 醬菜

F 副菜（煮物など）
fu.ku.sa.i（ni.mo.no na.do）
副菜（燉煮類等）

G 主菜（焼き物など）
shu.sa.i（ya.ki.mo.no na.do）
主菜（燒烤類等）

H お椀のふた o.wa.n no fu.ta 碗蓋

　　吃日本料理的時候，要從最靠近自己的菜餚開始下筷，先用左邊那一道，再用右邊那一道。接著取用最中間的那一盤。最後才享用離自己最遠的那二道菜，順序也是由左至右。也就是依照圖中C→D→E→F→G的順序。記得這個規則的話，便能順暢地享受日本料理囉！

PART 4

178

53

53 179

圖解

搭配精美的插圖，加上文字解說，以如此輕鬆又活潑的方式，讓您更深入了解日本用餐禮儀！

音檔序號

特聘日籍名師錄製，配合音檔學習，您也可以說出一口漂亮又自然的日文！

在日本旅遊時，您可以這樣使用
美食萬用句……

PART 2的「最實用的旅遊美食萬用句」

場景

精選十二種日本人最愛的美食店家，迅速
學會各種地點、狀況、場合的旅遊美食萬
用句！每個場景並列出最實用、最簡單的
句型，讓您立即就能說出整句日文！

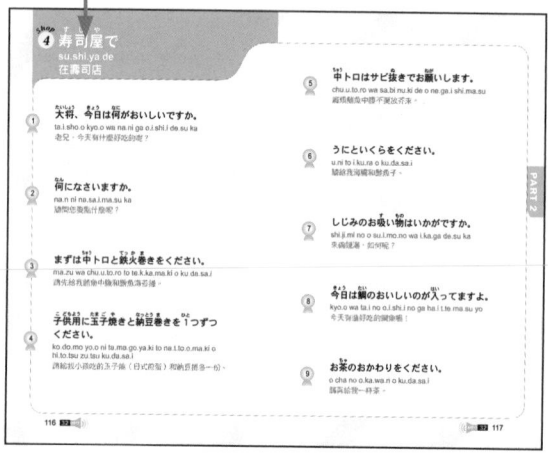

4 寿司屋で
su.shi.ya.de
在壽司店

1. 大将、今日は何がおいしいですか。
ta.i.sho.o.kyo.o wa na.ni ga o.i.shi.i de.su ka
老兄，今天有什麼好吃的呢？

2. 何になさいますか。
na.n ni na.sa.i.ma.su ka
請問您要點什麼呢？

3. まずは中トロと鉄火巻きをください。
ma.zu wa chu.u.to.ro to te.k.ka.ma.ki o ku.da.sa.i
請先給我鮪魚中腹和鮪魚壽司捲。

4. 子供用に玉子焼きと納豆巻きを1つずつ
ください。
ko.do.mo yo.o ni ta.ma.go.ya.ki to na.t.to.o.ma.ki o
hi.to.tsu.zu.tsu ku.da.sa.i
請給我小孩吃的玉子燒（日式煎蛋）和納豆壽司捲各一份。

5. 中トロはサビ抜きでお願いします。
chu.u.to.ro wa sa.bi.nu.ki de o.ne.ga.i.shi.ma.su
鮪魚腹鼠中腹不要放芥末。

6. うにといくらをください。
u.ni to i.ku.ra o ku.da.sa.i
給我海膽和鮭魚卵子。

7. しじみのお吸い物はいかがですか。
shi.ji.mi no o.su.i.mo.no wa i.ka.ga de.su ka
來碗蜆湯，如何呢？

8. 今日は鯛のおいしいのが入ってますよ。
kyo.o wa ta.i no o.i.shi.i no ga ha.i.t.te.ma.su yo
今天有好吃的鯛魚喔！

9. お茶のおかわりをください。
o.cha no o.ka.wa.ri o ku.da.sa.i
請再給我一杯茶。

PART 3的「一定用得到的餐廳用餐萬用句」

場景

真實模擬在餐廳的八種情況,不只是觀光旅遊用得到,就算是打工遊學,只要從事餐飲行業,餐廳用餐萬用句立刻就能派上用場!接待客人,日文其實沒有想像中那麼困難!

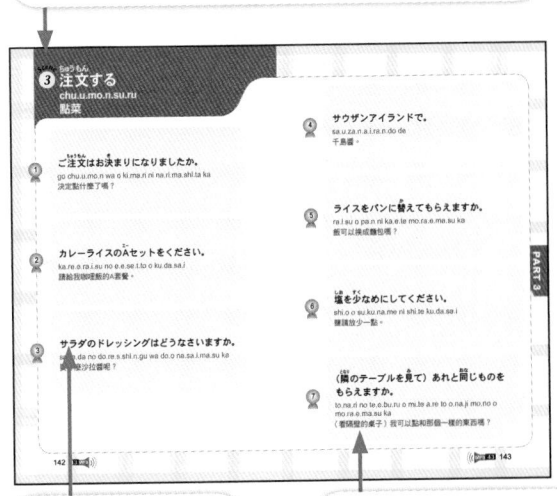

萬用句

以最好學的句子,清楚表達最實用、最簡單的美食萬用句,馬上學,馬上就能開口說!

中文翻譯

去日本,不會日文也沒關係!只要查出想說的中文句子,對照羅馬拼音,要說一口漂亮的日文一點也不難!

在家時，您可以這樣跟著日本媽媽，做出日本美食……

PART 5的「日本人最愛的料理食譜」

食譜

選出二十一道日本人最愛的料理，跟著日本媽媽的私房食譜，自己就能在家動手做做看！一邊學日文，一邊做出有「媽媽味道」的日本家庭美食吧！

如何掃描 QR Code 下載音檔

1. 以手機內建的相機或是掃描 QR Code 的 App 掃描封面的 QR Code。
2. 點選「雲端硬碟」的連結之後，進入音檔清單畫面，接著點選畫面右上角的「三個點」。
3. 點選「新增至『已加星號』專區」一欄，星星即會變成黃色或黑色，代表加入成功。
4. 開啟電腦，打開您的「雲端硬碟」網頁，點選左側欄位的「已加星號」。
5. 選擇該音檔資料夾，點滑鼠右鍵，選擇「下載」，即可將音檔存入電腦。

小撇步

看到第八步驟「できあがりです」（完成）時，可別急著享用，再看看最後一句小撇步，讓料理更好吃的秘訣就在這！

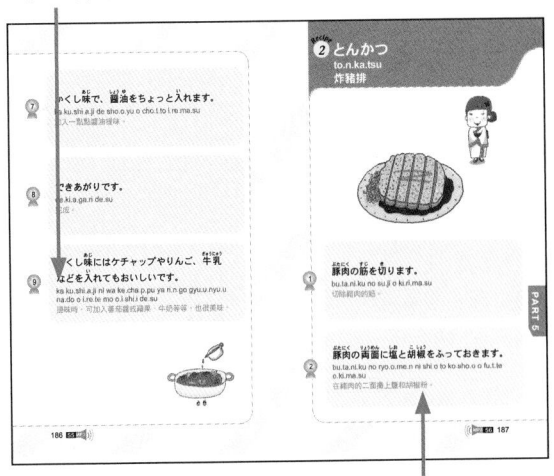

料理的順序

跟著日本媽媽，按照食譜裡1、2、3……的編排順序，一步一步就能做出常見的日本美食！

目次

PART 2 最實用的

旅遊美食萬用句 108

PART 5 日本人最愛的
料理食譜 182

PART 1

日本媽媽教你的
美食萬用字

こんばん
今晩のおかずは
なん
何にしようかしら。
ko.n.ba.n no o.ka.zu wa
na.n ni shi.yo.o ka.shi.ra

今天晚上要做什麼菜呢？

Chapter 1

→ ## 食材篇

01 肉類

語　彙	羅馬拼音	中　文
ステーキ	su.te.e.ki	牛排
カルビ	ka.ru.bi	牛五花
ヒレ	hi.re	牛菲力
牛タン	gyu.u.ta.n	牛舌
サーロイン	sa.a.ro.i.n	牛沙朗
ピートロ	pi.i.to.ro	松阪豬
ロース	ro.o.su	里肌肉
もつ	mo.tsu	內臟

語　彙	羅馬拼音	中　文
ベーコン	be.e.ko.n	培根
ソーセージ	so.o.se.e.ji	德國香腸
ハム	ha.mu	火腿
挽き肉 （ひ）（にく）	hi.ki.ni.ku	絞肉
チキン / 鶏肉 （とりにく）	chi.ki.n / to.ri.ni.ku	雞肉
手羽先 （て ば さき）	te.ba.sa.ki	雞翅
ターキー / 七面鳥 （しちめんちょう）	ta.a.ki.i / shi. chi.me.n.cho.o	火雞
羊の肉 （ひつじ）（にく） （ラム / マトン）	hi.tsu.ji no ni.ku（ra.mu / ma.to.n）	羊肉（一歲以內 是「ラム」，以上 是「マトン」）

02 海鮮

語　彙	羅馬拼音	中文
<ruby>魚<rt>さかな</rt></ruby>	sa.ka.na	魚
<ruby>鮭<rt>さけ</rt></ruby>	sa.ke	鮭魚
<ruby>鮪<rt>まぐろ</rt></ruby>	ma.gu.ro	鮪魚
<ruby>鯛<rt>たい</rt></ruby>	ta.i	鯛魚
<ruby>鱈<rt>たら</rt></ruby>	ta.ra	鱈魚
たこ	ta.ko	章魚
いか	i.ka	花枝
<ruby>鮑<rt>あわび</rt></ruby>	a.wa.bi	鮑魚

語　彙	羅馬拼音	中　文
うなぎ 鰻	u.na.gi	鰻魚
えび 海老	e.bi	蝦
い せ え び 伊勢海老	i.se.e.bi	龍蝦
かいばしら 貝柱	ka.i.ba.shi.ra	干貝
はまぐり 蛤	ha.ma.gu.ri	蛤蜊
あさり	a.sa.ri	海瓜子
うに	u.ni	海膽
めんたい こ 明太子	me.n.ta.i.ko	明太子 （醃漬過的辣 味鱈魚卵）

03 蔬菜

語　彙	羅馬拼音	中　文
野菜（やさい）	ya.sa.i	蔬菜
白菜（はくさい）	ha.ku.sa.i	白菜
キャベツ	kya.be.tsu	高麗菜
ほうれん草（そう）	ho.o.re.n.so.o	菠菜
もやし	mo.ya.shi	豆芽菜
レタス	re.ta.su	萵苣（美生菜）
ねぎ	ne.gi	蔥
しょうが	sho.o.ga	薑

語　彙	羅馬拼音	中　文
にんにく	ni.n.ni.ku	蒜
大根 だいこん	da.i.ko.n	白蘿蔔
にんじん	ni.n.ji.n	紅蘿蔔
玉葱 たまねぎ	ta.ma.ne.gi	洋蔥
きゅうり	kyu.u.ri	小黃瓜
タロ芋 いも	ta.ro.i.mo	芋頭
かぼちゃ	ka.bo.cha	南瓜
じゃが芋 いも	ja.ga.i.mo	馬鈴薯

語　彙	羅馬拼音	中 文
さつま芋	sa.tsu.ma. i.mo	番薯
アスパラガス	a.su.pa.ra. ga.su	蘆筍
椎茸	shi.i.ta.ke	香菇
茄子	na.su	茄子
トマト	to.ma.to	蕃茄
唐辛子	to.o.ga.ra.shi	辣椒
ピーマン	pi.i.ma.n	青椒
ゴーヤ / 苦瓜	go.o.ya / ni.ga.u.ri	苦瓜

語　彙	羅馬拼音	中　文
ブロッコリー	bu.ro.k.ko.ri.i	青花椰菜
とうもろこし	to.o.mo.ro.ko.shi	玉米
えんどう豆	e.n.do.o.ma.me	豌豆
栗	ku.ri	栗子
エリンギ	e.ri.n.gi	杏鮑菇
にら	ni.ra	韭菜
チンゲンサイ	chi.n.ge.n.sa.i	青江菜
春菊	shu.n.gi.ku	茼蒿

04 水果

語　彙	羅馬拼音	中　文
くだもの **果物**	ku.da.mo.no	水果
もも **桃**	mo.mo	水蜜桃
りんご	ri.n.go	蘋果
なし **梨**	na.shi	梨子
バナナ	ba.na.na	香蕉
ぶどう **葡萄**	bu.do.o	葡萄
いちご	i.chi.go	草莓
すいか	su.i.ka	西瓜

語　彙	羅馬拼音	中　文
パイナップル	pa.i.na.p.pu.ru	鳳梨
みかん	mi.ka.n	橘子
パパイヤ	pa.pa.i.ya	木瓜
マンゴー	ma.n.go.o	芒果
グアバ	gu.a.ba	芭樂
メロン	me.ro.n	哈密瓜
柿 かき	ka.ki	柿子
さくらんぼ	sa.ku.ra.n.bo	櫻桃

05 堅果、豆類

語　彙	羅馬拼音	中　文
<ruby>大豆<rt>だい ず</rt></ruby>	da.i.zu	黃豆
<ruby>小豆<rt>あずき</rt></ruby>	a.zu.ki	紅豆
<ruby>緑豆<rt>りょくとう</rt></ruby>	ryo.ku.to.o	綠豆
ピスタチオ	pi.su.ta.chi.o	開心果
ピーナッツ	pi.i.na.t.tsu	花生
アーモンド	a.a.mo.n.do	杏仁果
カシューナッツ	ka.shu.u.na.t.tsu	腰果
くるみ	ku.ru.mi	核桃

語　彙	羅馬拼音	中　文
栗 くり	ku.ri	栗子
ごま	go.ma	芝麻
絹ごし豆腐 きぬ　　　　どう ふ	ki.nu.go.shi. do.o.fu	絹豆腐
木綿豆腐 も めんどう ふ	mo.me.n. do.o.fu	木棉豆腐
厚揚げ あつ あ	a.tsu.a.ge	油豆腐
油揚げ あぶら あ	a.bu.ra.a.ge	油豆腐皮
湯葉 ゆ ば	yu.ba	豆腐皮
凍り豆腐 こお　　どう ふ	ko.o.ri.do.o.fu	凍豆腐

語　彙	羅馬拼音	中　文
<ruby>卵<rt>たまご</rt></ruby>	ta.ma.go	蛋
<ruby>卵黄<rt>らんおう</rt></ruby>	ra.n.o.o	蛋黃
<ruby>卵白<rt>らんぱく</rt></ruby>	ra.n.pa.ku	蛋白
うずらの<ruby>卵<rt>たまご</rt></ruby>	u.zu.ra no ta.ma.go	鵪鶉蛋
<ruby>生<rt>なま</rt></ruby>クリーム	na.ma. ku.ri.i.mu	鮮奶油
マヨネーズ	ma.yo.ne.e.zu	美乃滋
マーガリン	ma.a.ga.ri.n	乳瑪琳
チーズ	chi.i.zu	起司

語　彙	羅馬拼音	中文
ヨーグルト	yo.o.gu.ru.to	優格
サワークリーム	sa.wa.a.ku.ri.i.mu	酸奶油
練乳 / コンデンスミルク <ruby>練乳<rt>れんにゅう</rt></ruby>	re.n.nyu.u / ko.n.de.n.su.mi.ru.ku	煉乳
<ruby>粉<rt>こな</rt></ruby>ミルク	ko.na.mi.ru.ku	奶粉
<ruby>小麦粉<rt>こ むぎ こ</rt></ruby>	ko.mu.gi.ko	麵粉
<ruby>薄力粉<rt>はくりき こ</rt></ruby>	ha.ku.ri.ki.ko	低筋麵粉
<ruby>中力粉<rt>ちゅうりき こ</rt></ruby>	chu.u.ri.ki.ko	中筋麵粉
<ruby>強力粉<rt>きょうりき こ</rt></ruby>	kyo.o.ri.ki.ko	高筋麵粉

語　彙	羅馬拼音	中　文
パン粉 _こ	pa.n.ko	麵包粉
片栗粉 _{かたくり こ}	ka.ta.ku.ri.ko	太白粉
白玉粉 _{しらたま こ}	shi.ra.ta.ma.ko	糯米粉
ホットケーキ ミックス	ho.t.to.ke.e.ki. mi.k.ku.su	鬆餅粉
コーンスターチ	ko.o.n. su.ta.a.chi	玉米粉
重曹 _{じゅうそう}	ju.u.so.o	蘇打粉
きな粉 _こ	ki.na.ko	黃豆粉
米粉 _{こめ こ}	ko.me.ko	米粉（米磨 成的粉）

07 調味料

語　彙	羅馬拼音	中 文
砂糖 （さ とう）	sa.to.o	糖
みりん	mi.ri.n	味醂
塩 （しお）	shi.o	鹽
酢 （す）	su	醋
醤油 （しょう ゆ）	sho.o.yu	醬油
酒 （さけ）	sa.ke	酒
胡麻油 （ご ま あぶら）	go.ma.a.bu.ra	麻油
バター	ba.ta.a	奶油

語　彙	羅馬拼音	中　文
カレー	ka.re.e	咖哩
味噌 <small>み　そ</small>	mi.so	味噌
わさび	wa.sa.bi	芥末
こしょう	ko.sho.o	胡椒
ケチャップ	ke.cha.p.pu	蕃茄醬
トウバンジャン	to.o.ba.n.ja.n	豆瓣醬
七味 <small>しち み</small>	shi.chi.mi	七味粉

Chapter 2

→ ## 美食篇

01 日本料理

語　彙	羅馬拼音	中　文
寿司 (すし)	su.shi	壽司
天ぷら (てん)	te.n.pu.ra	天婦羅 （炸物）
刺身 (さしみ)	sa.shi.mi	生魚片
味噌汁 (みそしる)	mi.so.shi.ru	味噌湯
肉じゃが (にく)	ni.ku.ja.ga	馬鈴薯燉肉
しゃぶしゃぶ	sha.bu.sha.bu	涮涮鍋
ちゃんこ鍋 (なべ)	cha.n.ko.na.be	力士鍋
おでん	o.de.n	關東煮

語　彙	羅馬拼音	中　文
とんかつ	to.n.ka.tsu	炸豬排
ざるそば	za.ru.so.ba	笊籬蕎麥麵
海老フライ定食	e.bi.fu.ra.i te.e.sho.ku	炸蝦定食
焼き鳥	ya.ki.to.ri	串燒
月見うどん	tsu.ki.mi. u.do.n	月見烏龍麵
牛丼	gyu.u.do.n	牛肉蓋飯
親子丼	o.ya.ko.do.n	雞肉雞蛋 蓋飯
天丼	te.n.do.n	天婦羅蓋飯

語　彙	羅馬拼音	中　文
うな丼 （どん）	u.na.do.n	鰻魚蓋飯
かつ丼 （どん）	ka.tsu.do.n	炸豬排蓋飯
海鮮丼 （かいせんどん）	ka.i.se.n.do.n	海鮮蓋飯
鉄板焼き （てっぱん や）	te.p.pa.n.ya.ki	鐵板燒
焼肉 （やきにく）	ya.ki.ni.ku	燒肉
お茶漬け （ちゃ づ）	o.cha.zu.ke	茶泡飯
お好み焼き （この や）	o.ko.no.mi. ya.ki	什錦燒
たこ焼き （や）	ta.ko.ya.ki	章魚燒

語　彙	羅馬拼音	中　文
すき焼_やき	su.ki.ya.ki	壽喜燒
つけ麺_{めん}	tsu.ke.me.n	沾麵
もつ鍋_{なべ}	mo.tsu.na.be	內臟鍋
納豆_{なっとう}	na.t.to.o	納豆
梅干_{うめ ぼ}し	u.me.bo.shi	梅干
おにぎり	o.ni.gi.ri	飯糰
水炊_{みず た}き	mi.zu.ta.ki	燉雞鍋

02 中華料理

語　彙	羅馬拼音	中　文
ラーメン	ra.a.me.n	拉麵
チャーハン	cha.a.ha.n	炒飯
<ruby>中華丼<rt>ちゅう か どん</rt></ruby>	chu.u.ka.do.n	中華蓋飯
<ruby>蟹玉<rt>かにたま</rt></ruby>	ka.ni.ta.ma	芙蓉蟹肉
<ruby>焼き餃子<rt>や ぎょうざ</rt></ruby>	ya.ki.gyo.o.za	鍋貼
<ruby>水餃子<rt>すいぎょうざ</rt></ruby>	su.i.gyo.o.za	水餃
<ruby>揚げ餃子<rt>あ ぎょうざ</rt></ruby>	a.ge.gyo.o.za	炸餃子
ワンタンメン	wa.n.ta.n.me.n	餛飩麵

語　彙	羅馬拼音	中　文
マーボー豆腐	ma.a.bo.o. do.o.fu	麻婆豆腐
マーボー茄子	ma.a.bo.o. na.su	麻婆茄子
海老チリ	e.bi.chi.ri	乾燒蝦仁
チンジャオロース	chi.n.ja.o. ro.o.su	青椒肉絲
バンバンジー	ba.n.ba.n.ji.i	棒棒雞
フカヒレの姿煮	fu.ka.hi.re no su.ga.ta.ni	紅燒魚翅
ホイコーロー	ho.i.ko.o.ro.o	回鍋肉
焼きビーフン	ya.ki.bi.i.fu.n	炒米粉

語　彙	羅馬拼音	中文
酢豚 （すぶた）	su.bu.ta	糖醋排骨
肉まん （にく）	ni.ku.ma.n	肉包
シューマイ	shu.u.ma.i	燒賣
北京ダッグ （ペキン）	pe.ki.n.da.g.gu	北京烤鴨
大根もち （だいこん）	da.i.ko.n. mo.chi	蘿蔔糕
レバニラ炒め （いた）	re.ba.ni.ra. i.ta.me	韭菜炒豬肝
粽 （ちまき）	chi.ma.ki	粽子
杏仁豆腐 （あんにんどうふ）	a.n.ni.n. do.o.fu	杏仁豆腐

03 各國料理

語　彙	羅馬拼音	中　文
カレーライス	ka.re.e.ra.i.su	咖哩飯
コロッケ	ko.ro.k.ke	可樂餅
オムライス	o.mu.ra.i.su	蛋包飯
グラタン	gu.ra.ta.n	焗烤通心麵
ドリア	do.ri.a	焗烤飯
ハンバーグ	ha.n.ba.a.gu	漢堡排
スパゲッティ	su.pa.ge.t.ti	義大利麵
サンドイッチ	sa.n.do.i.c.chi	三明治

語　彙	羅馬拼音	中文
ハヤシライス	ha.ya.shi.ra.i.su	牛肉燴飯
パエリア	pa.e.ri.a	西班牙燉飯
トムヤンクン	to.mu.ya.n.ku.n	泰國酸辣湯
キムチ	ki.mu.chi	韓國泡菜
石焼きビビンバ	i.shi.ya.ki.bi.bi.n.ba	韓國石鍋拌飯
プルコギ	pu.ru.ko.gi	韓國烤肉
ハンバーガー	ha.n.ba.a.ga.a	漢堡
ラザニア	ra.za.ni.a	千層麵

語　彙	羅馬拼音	中　文
ピザ	pi.za	披薩
サラダ	sa.ra.da	沙拉
ビーフシチュー	bi.i.fu.shi.chu.u	燉牛肉
ホットドッグ	ho.t.to.do.g.gu	熱狗
ローストチキン	ro.o.su.to.chi.ki.n	烤雞
フライドチキン	fu.ra.i.do.chi.ki.n	炸雞
フライドポテト	fu.ra.i.do.po.te.to	炸薯條
ステーキ	su.te.e.ki	牛排

04 日式點心

語　彙	羅馬拼音	中　文
宇治金時 <ruby>宇<rt>う</rt></ruby><ruby>治<rt>じ</rt></ruby><ruby>金<rt>きん</rt></ruby><ruby>時<rt>とき</rt></ruby>	u.ji.ki.n.to.ki	抹茶紅豆冰
鯛焼き <ruby>鯛<rt>たい</rt></ruby><ruby>焼<rt>や</rt></ruby>き	ta.i.ya.ki	鯛魚燒
白玉あんみつ <ruby>白玉<rt>しらたま</rt></ruby>あんみつ	shi.ra.ta.ma. a.n.mi.tsu	白玉紅豆湯
大福 <ruby>大<rt>だい</rt></ruby><ruby>福<rt>ふく</rt></ruby>	da.i.fu.ku	紅豆麻糬
桜餅 <ruby>桜<rt>さくら</rt></ruby><ruby>餅<rt>もち</rt></ruby>	sa.ku.ra. mo.chi	櫻花麻糬
おはぎ	o.ha.gi	荻餅（糯米糰，有紅豆、黃豆粉等各種口味）
団子 <ruby>団<rt>だん</rt></ruby><ruby>子<rt>ご</rt></ruby>	da.n.go	糯米丸子
草餅 <ruby>草<rt>くさ</rt></ruby><ruby>餅<rt>もち</rt></ruby>	ku.sa.mo.chi	艾草麻糬

語　彙	羅馬拼音	中　文
今川焼き （いまがわや）	i.ma.ga.wa. ya.ki	車輪餅
カステラ	ka.su.te.ra	蜂蜜蛋糕
お汁粉 （しること）	o.shi.ru.ko	紅豆湯
羊羹 （ようかん）	yo.o.ka.n	羊羹
みつ豆 （まめ）	mi.tsu.ma.me	蜜豆
せんべい	se.n.be.e	米果、仙貝
葛餅 （くずもち）	ku.zu.mo.chi	葛粉凍
温泉饅頭 （おんせんまんじゅう）	o.n.se.n. ma.n.ju.u	溫泉饅頭 （溫泉水製成 的紅豆點心）

語　彙	羅馬拼音	中文
いちごのケーキ	i.chi.go no ke.e.ki	草莓蛋糕
チョコレートケーキ	cho.ko.re.e.to.ke.e.ki	巧克力蛋糕
チーズケーキ	chi.i.zu.ke.e.ki	起司蛋糕
モンブラン	mo.n.bu.ra.n	栗子蛋糕（蒙布朗）
シフォンケーキ	shi.fo.n.ke.e.ki	戚風蛋糕
ティラミス	ti.ra.mi.su	提拉米蘇
ロールケーキ	ro.o.ru.ke.e.ki	瑞士捲蛋糕
コーヒーゼリー	ko.o.hi.i.ze.ri.i	咖啡凍

語　彙	羅馬拼音	中　文
ホットケーキ	ho.t.to.ke.e.ki	鬆餅
クッキー	ku.k.ki.i	餅乾
ドーナッツ	do.o.na.t.tsu	甜甜圈
アイスクリーム	a.i.su. ku.ri.i.mu	冰淇淋
シュークリーム	shu.u. ku.ri.i.mu	泡芙
プリン	pu.ri.n	布丁
クレープ	ku.re.e.pu	可麗餅
ワッフル	wa.f.fu.ru	窩夫、 格子餅（比 利時鬆餅）

06 飲料

語　彙	羅馬拼音	中　文
牛乳 （ぎゅうにゅう）	gyu.u.nyu.u	牛奶
ソーダ	so.o.da	汽水、 蘇打水
ビール	bi.i.ru	啤酒
ワイン	wa.i.n	葡萄酒
日本酒 （にほんしゅ）	ni.ho.n.shu	日本酒
ミネラル ウォーター	mi.ne.ra.ru. wo.o.ta.a	礦泉水
紹興酒 （しょうこうしゅ）	sho.o.ko.o.shu	紹興酒
お茶 （ちゃ）	o cha	茶

語　彙	羅馬拼音	中 文
ウーロン茶	u.u.ro.n.cha	烏龍茶
紅茶	ko.o.cha	紅茶
麦茶	mu.gi.cha	麥茶
抹茶	ma.c.cha	抹茶
緑茶	ryo.ku.cha	綠茶
ココア	ko.ko.a	可可
シェーク	she.e.ku	奶昔
シャンパン	sha.n.pa.n	香檳

語　彙	羅馬拼音	中 文
ウイスキー	u.i.su.ki.i	威士忌
ミルクティー	mi.ru.ku.ti.i	奶茶
カクテル	ka.ku.te.ru	雞尾酒
コーラ	ko.o.ra	可樂
パール ミルクティー	pa.a.ru. mi.ru.ku.ti.i	珍珠奶茶
豆乳 <ruby>豆乳<rt>とうにゅう</rt></ruby>	to.o.nyu.u	豆漿
ジュース	ju.u.su	果汁
オレンジジュース	o.re.n.ji.ju.u.su	柳橙汁

語　彙	羅馬拼音	中文
りんごジュース	ri.n.go.ju.u.su	蘋果汁
レモネード	re.mo.ne.e.do	檸檬水
レモンスカッシュ	re.mo.n.su.ka.s.shu	檸檬汽水
コーヒー	ko.o.hi.i	咖啡
カプチーノ	ka.pu.chi.i.no	卡布奇諾
カフェオレ	ka.fe.o.re	咖啡歐蕾、咖啡牛奶
カフェラテ	ka.fe.ra.te	拿鐵
エスプレッソ	e.su.pu.re.s.so	義大利濃縮咖啡

いらっしゃいませ。
i.ra.s.sha.i.ma.se
歡迎光臨！

Chapter ③

→ # 廚房用具篇

01 廚房用品

語彙	羅馬拼音	中文
フライパン	fu.ra.i.pa.n	炒鍋 （單柄平底鍋）
包丁 _{ほうちょう}	ho.o.cho.o	菜刀
まな板 _{いた}	ma.na.i.ta	砧板
おろし器 _き	o.ro.shi.ki	磨泥器
中華鍋 _{ちゅう か なべ}	chu.u.ka.na.be	中華鍋
フライ返し _{がえ}	fu.ra.i.ga.e.shi	鍋鏟
おたま	o.ta.ma	杓子
ボウル	bo.o.ru	大碗、鉢

語　　彙	羅馬拼音	中　文
平鍋 （ひらなべ）	hi.ra.na.be	平底鍋 （湯鍋）
圧力鍋 （あつりょくなべ）	a.tsu.ryo.ku. na.be	壓力鍋
土鍋 （どなべ）	do.na.be	砂鍋
鉄鍋 （てつなべ）	te.tsu.na.be	鐵鍋
深鍋 （ふかなべ）	fu.ka.na.be	平底深鍋
鍋蓋 （なべぶた）	na.be.bu.ta	鍋蓋
鍋つかみ （なべ）	na.be. tsu.ka.mi	隔熱手套
鍋しき （なべ）	na.be.shi.ki	鍋墊

語　彙	羅馬拼音	中 文
やかん	ya.ka.n	水壺
<ruby>泡<rt>あわ</rt></ruby><ruby>立<rt>だ</rt></ruby>て<ruby>器<rt>き</rt></ruby>	a.wa.da.te.ki	攪拌器 （打蛋器）
ハンドミキサー	ha.n.do. mi.ki.sa.a	電動攪拌器
フード プロセッサー	fu.u.do. pu.ro.se.s.sa.a	食物處理器 （食物調理機）
ふきん	fu.ki.n	抹布
<ruby>栓<rt>せん</rt></ruby><ruby>抜<rt>ぬ</rt></ruby>き	se.n.nu.ki	開瓶器
<ruby>缶<rt>かん</rt></ruby><ruby>切<rt>き</rt></ruby>り	ka.n.ki.ri	開罐器
すり<ruby>鉢<rt>ばち</rt></ruby>	su.ri.ba.chi	研磨鉢

語　彙	羅馬拼音	中　文
すりこ木^ぎ	su.ri.ko.gi	研磨棒
麺棒^{めんぼう}	me.n.bo.o	桿麵棍
ゴムべら	go.mu.be.ra	橡皮刮刀
木^きべら	ki.be.ra	木匙
トング	to.n.gu	夾子
タイマー	ta.i.ma.a	計時器
電子^{でんし}レンジ	de.n.shi.re.n.ji	微波爐
オーブン トースター	o.o.bu.n. to.o.su.ta.a	烤箱 （烤麵包機）

語　彙	羅馬拼音	中 文
計量カップ けいりょう	ke.e.ryo.o. ka.p.pu	量杯
計量スプーン けいりょう	ke.e.ryo.o. su.pu.u.n	量匙
せいろ	se.e.ro	蒸籠
キッチンばさみ	ki.c.chi.n. ba.sa.mi	廚房用剪刀
焼き網 や　あみ	ya.ki.a.mi	烤網
炊飯器 すいはん き	su.i.ha.n.ki	電鍋 （電子鍋）
しゃもじ	sha.mo.ji	飯勺
皮むき器 かわ　　　き	ka.wa.mu.ki.ki	削皮器

語　彙	羅馬拼音	中　文
こし器^き	ko.shi.ki	過濾器、過濾網
ざる	za.ru	竹簍
はけ	ha.ke	刷子
ペーパータオル	pe.e.pa.a.ta.o.ru	餐巾紙
さい箸^{ばし}	sa.i.ba.shi	廚房用（較長的）筷子
お盆^{ぼん}	o.bo.n	托盤
魔法瓶^{まほうびん}	ma.ho.o.bi.n	熱水瓶
エプロン	e.pu.ro.n	圍裙

02 餐具

語　彙	羅馬拼音	中　文
箸 はし	ha.shi	筷子
割り箸 わ　ばし	wa.ri.ba.shi	免洗筷
スプーン	su.pu.u.n	湯匙
ナイフ	na.i.fu	刀子
フォーク	fo.o.ku	叉子
紙ナプキン かみ	ka.mi. na.pu.ki.n	紙巾
お皿 さら	o sa.ra	盤子
取り皿 と　ざら	to.ri.za.ra	碟子

語　彙	羅馬拼音	中文
茶碗 （ちゃわん）	cha.wa.n	飯碗
ビールジョッキ	bi.i.ru.jo.k.ki	啤酒杯
コップ	ko.p.pu	杯子
マグカップ	ma.gu.ka.p.pu	馬克杯
コーヒーカップ	ko.o.hi.i. ka.p.pu	咖啡杯
楊枝 （ようじ）	yo.o.ji	牙籤

こげないように、
気をつけてください。
ko.ge.na.i yo.o ni
ki o tsu.ke.te ku.da.sa.i
小心不要燒焦了。

Chapter 4

→ 烹飪方法篇

01 切法

語　彙	羅馬拼音	中　文
薄切り うす ぎ	u.su.gi.ri	切成薄片
いちょう切り ぎ	i.cho.o.gi.ri	切成扇形
乱切り らん ぎ	ra.n.gi.ri	滾切（切成 不規則形狀）
せん切り ぎ	se.n.gi.ri	切成細絲
角切り かく ぎ	ka.ku.gi.ri	切塊
斜め切り なな ぎ	na.na.me.gi.ri	斜切
短冊切り たんざく ぎ	ta.n.za.ku.gi.ri	切成長方形 薄片
くし型切り がた ぎ	ku.shi.ga.ta. gi.ri	切成月牙狀 （圓狀物朝中心 切成4～8等份）

PART 1

語　彙	羅馬拼音	中　文
半月切り はんげつぎ	ha.n.ge.tsu. gi.ri	切成半月形
みじん切り ぎ	mi.ji.n.gi.ri	切成碎末
輪切り わ　ぎ	wa.gi.ri	切成圓片
一口大に切る ひとくちだい　　き	hi.to.ku.chi.da.i ni ki.ru	切成一口 大小
細かく切る こま　　き	ko.ma.ka.ku ki.ru	切細
大きめに切る おお　　　き	o.o.ki.me ni ki.ru	切成大塊
適当な大きさに てきとう　おお 切る き	te.ki.to.o.na o.o.ki.sa ni ki.ru	切成適當的 大小

02 料理法

語　彙	羅馬拼音	中　文
<ruby>洗<rt>あら</rt></ruby>う	a.ra.u	洗
<ruby>入<rt>い</rt></ruby>れる	i.re.ru	放入
<ruby>置<rt>お</rt></ruby>く	o.ku	放置
<ruby>押<rt>お</rt></ruby>す	o.su	按壓
<ruby>解凍<rt>かいとう</rt></ruby>する	ka.i.to.o.su.ru	解凍
おろす	o.ro.su	磨（泥）
<ruby>形<rt>かたち</rt></ruby>を<ruby>整<rt>ととの</rt></ruby>える	ka.ta.chi o to.to.no.e.ru	調整好形狀
<ruby>加熱<rt>かねつ</rt></ruby>する	ka.ne.tsu.su.ru	加熱

語　彙	羅馬拼音	中　文
切^きる	ki.ru	切
下^{した}ごしらえする	shi.ta.go.shi.ra.e.su.ru	事先準備
作^{つく}る	tsu.ku.ru	做
刻^{きざ}む	ki.za.mu	劃上刻紋、細切
加^{くわ}える	ku.wa.e.ru	加入
包^{つつ}む	tsu.tsu.mu	包
溶^とかす	to.ka.su	溶解
取^とる	to.ru	取、拿

語　彙	羅馬拼音	中　文
詰める	tsu.me.ru	填、塞
練る	ne.ru	攪拌、揉
まぶす	ma.bu.su	沾、塗滿
塗る	nu.ru	塗
混ぜる	ma.ze.ru	拌、混合
温める	a.ta.ta.me.ru	加溫
和える	a.e.ru	拌
揚げる	a.ge.ru	炸

語　彙	羅馬拼音	中 文
炒める いた	i.ta.me.ru	炒
煮る に	ni.ru	煮
煮込む に こ	ni.ko.mu	燉煮、熬煮
漬ける つ	tsu.ke.ru	醃漬
炊く た	ta.ku	煮
茹でる ゆ	yu.de.ru	燙煮
焼く や	ya.ku	烤、煎
味をつける あじ	a.ji o tsu.ke.ru	調味

語　彙	羅馬拼音	中　文
裏返す （うらがえす）	u.ra.ga.e.su	翻面
とろみをつける	to.ro.mi o tsu.ke.ru	芶芡
弱火にする （よわび）	yo.wa.bi ni su.ru	（用） 小火、弱火
中火にする （ちゅうび）	chu.u.bi ni su.ru	（用） 中火
強火にする （つよび）	tsu.yo.bi ni su.ru	（用） 大火、強火
かける	ka.ke.ru	淋上
飾る （かざる）	ka.za.ru	裝飾
散らす （ちらす）	chi.ra.su	撒上、散放

語　彙	羅馬拼音	中 文
添える	so.e.ru	添上
乗せる	no.se.ru	擺放
盛る	mo.ru	盛滿、裝
盛りつけをする	mo.ri.tsu.ke o su.ru	裝盤

味わって食べてね。
a.ji.wa.t.te ta.be.te ne

嚐嚐看喔。

Chapter ⑤

→ # 單位數量篇

01 數量詞、單位

語 彙	羅馬拼音	中 文
円(えん)	e.n	日圓
ミリ（メートル）	mi.ri (me.e.to.ru)	公厘
センチ （メートル）	se.n.chi (me.e.to.ru)	公分
メートル	me.e.to.ru	公尺
キロ（メートル）	ki.ro (me.e.to.ru)	公里
ミリリットル	mi.ri.ri.t.to.ru	毫升
リットル	ri.t.to.ru	公升
グラム	gu.ra.mu	公克

語　彙	羅馬拼音	中　文
キロ（グラム）	ki.ro (gu.ra.mu)	公斤
トン	to.n	噸
杯 / 杯 / 杯 <ruby>杯<rt>はい</rt></ruby> / <ruby>杯<rt>ばい</rt></ruby> / <ruby>杯<rt>ぱい</rt></ruby>	ha.i / ba.i / pa.i	杯、碗
<ruby>冊<rt>さつ</rt></ruby>	sa.tsu	本、冊
<ruby>枚<rt>まい</rt></ruby>	ma.i	張、件
<ruby>匹<rt>ひき</rt></ruby> / <ruby>匹<rt>びき</rt></ruby> / <ruby>匹<rt>ぴき</rt></ruby>	hi.ki / bi.ki / pi.ki	隻、匹
<ruby>本<rt>ほん</rt></ruby> / <ruby>本<rt>ぼん</rt></ruby> / <ruby>本<rt>ぽん</rt></ruby>	ho.n / bo.n / po.n	支、瓶
<ruby>台<rt>だい</rt></ruby>	da.i	台

02 個

語　彙	羅馬拼音	中　文
いっこ 1 個	i.k.ko	一個
にこ 2 個	ni.ko	二個
さんこ 3 個	sa.n.ko	三個
よんこ 4 個	yo.n.ko	四個
ごこ 5 個	go.ko	五個
ろっこ 6 個	ro.k.ko	六個
ななこ 7 個	na.na.ko	七個
はっこ 8 個	ha.k.ko	八個

語　彙	羅馬拼音	中　文
きゅう こ 9個	kyu.u.ko	九個
じゅっ こ 10個	ju.k.ko	十個
じゅういっ こ 11個	ju.u.i.k.ko	十一個
じゅうご こ 15個	ju.u.go.ko	十五個
にじゅっ こ 20個	ni.ju.k.ko	二十個
ごじゅっ こ 50個	go.ju.k.ko	五十個
ひゃっ こ 100個	hya.k.ko	一百個
なん こ 何個	na.n.ko	幾個

03 人

語　彙	羅馬拼音	中　文
<ruby>1人<rt>ひとり</rt></ruby>	hi.to.ri	一人
<ruby>2人<rt>ふたり</rt></ruby>	fu.ta.ri	二人
<ruby>3人<rt>さんにん</rt></ruby>	sa.n.ni.n	三人
<ruby>4人<rt>よにん</rt></ruby>	yo.ni.n	四人
<ruby>5人<rt>ごにん</rt></ruby>	go.ni.n	五人
<ruby>6人<rt>ろくにん</rt></ruby>	ro.ku.ni.n	六人
<ruby>7人<rt>ななにん</rt></ruby>	na.na.ni.n	七人
<ruby>8人<rt>はちにん</rt></ruby>	ha.chi.ni.n	八人

語　彙	羅馬拼音	中　文
きゅうにん 9人	kyu.u.ni.n	九人
じゅうにん 10人	ju.u.ni.n	十人
じゅういちにん 11人	ju.u.i.chi.ni.n	十一人
じゅうごにん 15人	ju.u.go.ni.n	十五人
にじゅうにん 20人	ni.ju.u.ni.n	二十人
ごじゅうにん 50人	go.ju.u.ni.n	五十人
ひゃくにん 100人	hya.ku.ni.n	一百人
なんにん 何人	na.n.ni.n	幾人

04 杯

語　彙	羅馬拼音	中 文
いっぱい 1杯	i.p.pa.i	一杯
にはい 2杯	ni.ha.i	二杯
さんばい 3杯	sa.n.ba.i	三杯
よんはい 4杯	yo.n.ha.i	四杯
ごはい 5杯	go.ha.i	五杯
ろっぱい 6杯	ro.p.pa.i	六杯
ななはい 7杯	na.na.ha.i	七杯
はっぱい 8杯	ha.p.pa.i	八杯

語　彙	羅馬拼音	中　文
きゅうはい 9杯	kyu.u.ha.i	九杯
じゅっぱい 10杯	ju.p.pa.i	十杯
じゅういっぱい 11杯	ju.u.i.p.pa.i	十一杯
じゅうごはい 15杯	ju.u.go.ha.i	十五杯
にじゅっぱい 20杯	ni.ju.p.pa.i	二十杯
ごじゅっぱい 50杯	go.ju.p.pa.i	五十杯
ひゃっぱい 100杯	hya.p.pa.i	一百杯
なんばい 何杯	na.n.ba.i	幾杯

05 張、件

語　彙	羅馬拼音	中　文
いちまい 1枚	i.chi.ma.i	一張、一件
にまい 2枚	ni.ma.i	二張、二件
さんまい 3枚	sa.n.ma.i	三張、三件
よんまい 4枚	yo.n.ma.i	四張、四件
ごまい 5枚	go.ma.i	五張、五件
ろくまい 6枚	ro.ku.ma.i	六張、六件
ななまい 7枚	na.na.ma.i	七張、七件
はちまい 8枚	ha.chi.ma.i	八張、八件

語　彙	羅馬拼音	中　文
きゅうまい 9枚	kyu.u.ma.i	九張、九件
じゅうまい 10枚	ju.u.ma.i	十張、十件
じゅういちまい １１枚	ju.u.i.chi.ma.i	十一張、 十一件
じゅうごまい １５枚	ju.u.go.ma.i	十五張、 十五件
にじゅうまい ２０枚	ni.ju.u.ma.i	二十張、 二十件
ごじゅうまい ５０枚	go.ju.u.ma.i	五十張、 五十件
ひゃくまい 100枚	hya.ku.ma.i	一百張、 一百件
なんまい 何枚	na.n.ma.i	幾張、幾件

06 隻、瓶

語　彙	羅馬拼音	中　文
<ruby>1本<rt>いっぽん</rt></ruby>	i.p.po.n	一隻、一瓶
<ruby>2本<rt>にほん</rt></ruby>	ni.ho.n	二隻、二瓶
<ruby>3本<rt>さんぼん</rt></ruby>	sa.n.bo.n	三隻、三瓶
<ruby>4本<rt>よんほん</rt></ruby>	yo.n.ho.n	四隻、四瓶
<ruby>5本<rt>ごほん</rt></ruby>	go.ho.n	五隻、五瓶
<ruby>6本<rt>ろっぽん</rt></ruby>	ro.p.po.n	六隻、六瓶
<ruby>7本<rt>ななほん</rt></ruby>	na.na.ho.n	七隻、七瓶
<ruby>8本<rt>はっぽん</rt></ruby>	ha.p.po.n	八隻、八瓶

語　彙	羅馬拼音	中　文
きゅうほん 9本	kyu.u.ho.n	九隻、九瓶
じゅっぽん 10本	ju.p.po.n	十隻、十瓶
じゅういっぽん 11本	ju.u.i.p.po.n	十一隻、 十一瓶
じゅうごほん 15本	ju.u.go.ho.n	十五隻、 十五瓶
にじゅっぽん 20本	ni.ju.p.po.n	二十隻、 二十瓶
ごじゅっぽん 50本	go.ju.p.po.n	五十隻、 五十瓶
ひゃっぽん 100本	hya.p.po.n	一百隻、 一百瓶
なんぼん 何本	na.n.bo.n	幾隻、幾瓶

07 東西的數量

語　彙	羅馬拼音	中　文
<ruby>1<rt>ひと</rt></ruby>つ	hi.to.tsu	一（個）
<ruby>2<rt>ふた</rt></ruby>つ	fu.ta.tsu	二（個）
<ruby>3<rt>みっ</rt></ruby>つ	mi.t.tsu	三（個）
<ruby>4<rt>よっ</rt></ruby>つ	yo.t.tsu	四（個）
<ruby>5<rt>いつ</rt></ruby>つ	i.tsu.tsu	五（個）
<ruby>6<rt>むっ</rt></ruby>つ	mu.t.tsu	六（個）
<ruby>7<rt>なな</rt></ruby>つ	na.na.tsu	七（個）
<ruby>8<rt>やっ</rt></ruby>つ	ya.t.tsu	八（個）

語　彙	羅馬拼音	中　文
<ruby>9<rt>ここの</rt></ruby>つ	ko.ko.no.tsu	九（個）
<ruby>10<rt>とお</rt></ruby>	to.o	十（個）
いくつ	i.ku.tsu	幾個 （多少）

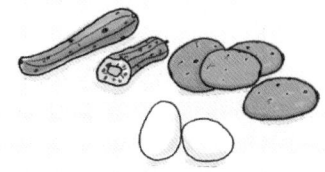

語　彙	羅馬拼音	中　文
いちじ 1時	i.chi.ji	一點
にじ 2時	ni.ji	二點
さんじ 3時	sa.n.ji	三點
よじ 4時	yo.ji	四點
ごじ 5時	go.ji	五點
ろくじ 6時	ro.ku.ji	六點
しちじ 7時	shi.chi.ji	七點
はちじ 8時	ha.chi.ji	八點

語　彙	羅馬拼音	中文
く じ 9時	ku.ji	九點
じゅう じ 10時	ju.u.ji	十點
じゅういち じ １１時	ju.u.i.chi.ji	十一點
じゅうに じ １２時	ju.u.ni.ji	十二點
じ はん 〜時半	ji.ha.n	〜點半
じ かん 〜時間	ji.ka.n	〜小時
なん じ 何時	na.n.ji	幾點

09 分

語　彙	羅馬拼音	中　文
いっぷん 1分	i.p.pu.n	一分
にふん 2分	ni.fu.n	二分
さんぷん 3分	sa.n.pu.n	三分
よんぷん 4分	yo.n.pu.n	四分
ごふん 5分	go.fu.n	五分
ろっぷん 6分	ro.p.pu.n	六分
ななふん 7分	na.na.fu.n	七分
はっぷん 8分	ha.p.pu.n	八分

語　彙	羅馬拼音	中　文
きゅうふん 9分	kyu.u.fu.n	九分
じゅっぷん 10分	ju.p.pu.n	十分
じゅういっぷん 11分	ju.u.i.p.pu.n	十一分
にじゅっぷん 20分	ni.ju.p.pu.n	二十分
にじゅうごふん 25分	ni.ju.u.go.fu.n	二十五分
さんじゅっぷん 30分	sa.n.ju.p.pu.n	三十分
はん 半	ha.n	半
なんぷん 何分	na.n.pu.n	幾分

お味はいかがですか。

o a.ji wa i.ka.ga de.su ka

味道怎麼樣呢？

Chapter 6

→ 美味形容篇

01 味道、感覺

語　彙	羅馬拼音	中　文
すっぱい	su.p.pa.i	酸的
<ruby>甘<rt>あま</rt></ruby>い	a.ma.i	甜的
<ruby>苦<rt>にが</rt></ruby>い	ni.ga.i	苦的
<ruby>辛<rt>から</rt></ruby>い	ka.ra.i	辣的
しょっぱい	sho.p.pa.i	鹹的
<ruby>甘<rt>あま</rt></ruby>ずっぱい	a.ma.zu.p.pa.i	酸酸甜甜的
<ruby>激辛<rt>げきから</rt></ruby>	ge.ki.ka.ra	超級辣
<ruby>甘辛<rt>あまから</rt></ruby>	a.ma.ka.ra	甜甜辣辣的

語　彙	羅馬拼音	中　文
まろやか	ma.ro.ya.ka	香醇可口
いいにおい	i.i ni.o.i	香的
臭^{くさ}い	ku.sa.i	臭的
さっぱり	sa.p.pa.ri	爽口的
あっさり	a.s.sa.ri	清淡的
ジューシー	ju.u.shi.i	多汁的
滑^{なめ}らか	na.me.ra.ka	滑嫩的
柔^{やわ}らかい	ya.wa.ra.ka.i	柔軟的

語　彙	羅馬拼音	中　文
ふんわり	fu.n.wa.ri	鬆軟的
おいしい	o.i.shi.i	美味的
まずい	ma.zu.i	難吃的
油っぽい あぶら	a.bu.ra.p.po.i	油油的
油っこい あぶら	a.bu.ra.k.ko.i	油膩的
薄い うす	u.su.i	清淡的
濃い こ	ko.i	濃郁的
熱い あつ	a.tsu.i	燙的

語　彙	羅馬拼音	中　文
冷<ruby>つめ</ruby>たい	tsu.me.ta.i	冰的
うまい	u.ma.i	美味的 （較豪放、粗魯的說法）
最高<ruby>さいこう</ruby>	sa.i.ko.o	最棒
絶品<ruby>ぜっぴん</ruby>	ze.p.pi.n	極品
幸<ruby>しあわ</ruby>せ	shi.a.wa.se	幸福
大満足<ruby>だいまんぞく</ruby>	da.i. ma.n.zo.ku	大滿足
おいしそう	o.i.shi.so.o	看起來好吃
食<ruby>た</ruby>べたい	ta.be.ta.i	想吃

語　彙	羅馬拼音	中　文
満腹 （まんぷく）	ma.n.pu.ku	肚子很飽
上品 （じょうひん）	jo.o.hi.n	高雅的
しつこくない	shi.tsu.ko.ku.na.i	清爽不膩的
素朴 （そぼく）	so.bo.ku	樸實
もちもち	mo.chi.mo.chi	彈牙的
おいしくない	o.i.shi.ku.na.i	不好吃的
まあまあ	ma.a.ma.a	普普通通
硬い （かたい）	ka.ta.i	硬的

語　彙	羅馬拼音	中　文
からから	ka.ra.ka.ra	乾乾地
水_{みず}っぽい	mi.zu.p.po.i	水水的
湿_{しめ}っぽい	shi.me.p.po.i	潮潮的
渋_{しぶ}い	shi.bu.i	澀的
ぎとぎと	gi.to.gi.to	油答答地
新鮮_{しんせん}	shi.n.se.n	新鮮的
新鮮_{しんせん}じゃない	shi.n.se.n ja na.i	不新鮮的

02 顔色

語　彙	羅馬拼音	中　文
<ruby>赤<rt>あか</rt></ruby>	a.ka	紅色
オレンジ	o.re.n.ji	橙色
<ruby>黄色<rt>き いろ</rt></ruby>	ki.i.ro	黃色
<ruby>緑<rt>みどり</rt></ruby>	mi.do.ri	綠色
<ruby>青<rt>あお</rt></ruby>	a.o	藍色
<ruby>紺色<rt>こんいろ</rt></ruby>	ko.n.i.ro	靛色
<ruby>紫<rt>むらさき</rt></ruby>	mu.ra.sa.ki	紫色
ピンク	pi.n.ku	粉紅色

語　彙	羅馬拼音	中　文
金色 きんいろ	ki.n.i.ro	金色
銀色 ぎんいろ	gi.n.i.ro	銀色
白 しろ	shi.ro	白色
黒 くろ	ku.ro	黑色
灰色 はいいろ	ha.i.i.ro	灰色
クリーム色 いろ	ku.ri.i.mu.i.ro	米白色
濃い色 こ　いろ	ko.i i.ro	深色
薄い色 うす いろ	u.su.i i.ro	淺色、淡色

PART 2

最實用的
旅遊美食萬用句

^{shop}1 ラーメン屋で

ra.a.me.n.ya de

在拉麵店

1

味噌ラーメンを1つ。

mi.so.ra.a.me.n o hi.to.tsu

味噌拉麵一碗。

2

味噌ラーメンを出す。

mi.so.ra.a.me.n o da.su

端出味噌拉麵。

3

少ししょっぱいんですが……。

su.ko.shi sho.p.pa.i n de.su ga

有點鹹……。

4

今すぐ作り替えます。

i.ma su.gu tsu.ku.ri.ka.e.ma.su

現在立刻重做一碗。

5 味噌ラーメンはありません。

mi.so.ra.a.me.n wa a.ri.ma.se.n

沒有味噌拉麵。

6 ねぎは入れないでください。

ne.gi wa i.re.na.i.de ku.da.sa.i

請不要加蔥。

7 太麺でお願いします。

fu.to.me.n de o ne.ga.i shi.ma.su

麻煩要粗麵。

8 細麺でお願いします。

ho.so.me.n de o ne.ga.i shi.ma.su

麻煩要細麵。

9 お水をもう1杯ください。

o mi.zu o mo.o i.p.pa.i ku.da.sa.i

請再給我一杯水。

^{shop} 2 レストランで
re.su.to.ra.n de
在餐廳

ご注文はお決まりですか。
go chu.u.mo.n wa o ki.ma.ri de.su ka
決定點什麼了嗎？

明太子スパゲッティをセットで。
me.n.ta.i.ko.su.pa.ge.t.ti o se.t.to de
（我要）明太子義大利麵套餐。

Aセットにはサラダがつきます。
e.e se.t.to ni wa sa.ra.da ga tsu.ki.ma.su
A套餐附沙拉。

Bセットにはスープがつきます。
bi.i se.t.to ni wa su.u.pu ga tsu.ki.ma.su
B套餐附湯。

5 サラダのドレッシングは<ruby>何<rt>なん</rt></ruby>になさいますか。
sa.ra.da no do.re.s.shi.n.gu wa na.n ni na.sa.i.ma.su ka
沙拉要什麼醬呢？

6 <ruby>和風<rt>わ ふう</rt></ruby>ドレッシングで。
wa.fu.u.do.re.s.shi.n.gu de
要和風醬。

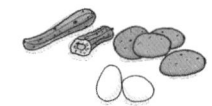

7 かしこまりました。
ka.shi.ko.ma.ri.ma.shi.ta
知道了。

8 ドリンクバーはあちらになります。
do.ri.n.ku.ba.a wa a.chi.ra ni na.ri.ma.su
飲料吧在那邊。

9 コーヒーは<ruby>無料<rt>む りょう</rt></ruby>でおかわりできます。
ko.o.hi.i wa mu.ryo.o de o.ka.wa.ri de.ki.ma.su
咖啡可以免費續杯。

1

とうてん
当店のてんぷらはいかがですか。

to.o.te.n no te.n.pu.ra wa i.ka.ga de.su ka

我們店的天婦羅，味道如何呢？

2

さくさくしていてとてもおいしいです。

sa.ku.sa.ku.shi.te i.te to.te.mo o.i.shi.i de.su

酥酥脆脆地，非常好吃。

3

ふんわりしていておいしいです。

fu.n.wa.ri.shi.te i.te o.i.shi.i de.su

鬆鬆軟軟地，很好吃。

4

わ ふう　　　　　　あじ
和風サラダの味はいかがですか。

wa.fu.u.sa.ra.da no a.ji wa i.ka.ga de.su ka

和風沙拉的味道，如何呢？

5

さっぱりしていてわたしの口に合います。

sa.p.pa.ri.shi.te i.te wa.ta.shi no ku.chi ni a.i.ma.su

清清爽爽地，很合我的胃口。

6

飲みすぎないほうがいいですよ。

no.mi.su.gi.na.i ho.o ga i.i de.su yo

不要喝太多比較好喔！

7

飲みすぎて、吐き気がするんですが……。

no.mi.su.gi.te ha.ki.ke ga su.ru n de.su ga

喝太多，想吐……。

8

サワーなら何杯でも飲めます。

sa.wa.a na.ra na.n.ba.i de.mo no.me.ma.su

沙瓦（汽泡果汁酒）的話，幾杯都喝得下。

9

ノンアルコール飲料はありますか。

no.n.a.ru.ko.o.ru.i.n.ryo.o wa a.ri.ma.su ka

有不含酒精的飲料嗎？

1

たいしょう きょう なに
大将、今日は何がおいしいですか。

ta.i.sho.o kyo.o wa na.ni ga o.i.shi.i de.su ka

老兄，今天有什麼好吃的呢？

2

なん
何になさいますか。

na.n ni na.sa.i.ma.su ka

請問您要點什麼呢？

3

ちゅう てっ か ま
まずは中トロと鉄火巻きをください。

ma.zu wa chu.u.to.ro to te.k.ka.ma.ki o ku.da.sa.i

請先給我鮪魚中腹和鮪魚海苔捲。

4

こ ども よう たま ご や なっとう ま ひと
子供用に玉子焼きと納豆巻きを１つずつ
ください。

ko.do.mo yo.o ni ta.ma.go.ya.ki to na.t.to.o.ma.ki o
hi.to.tsu zu.tsu ku.da.sa.i

請給我小孩吃的玉子燒（日式煎蛋）和納豆捲各一份。

5

中トロはサビ抜きでお願いします。

chu.u.to.ro wa sa.bi nu.ki de o ne.ga.i shi.ma.su

麻煩鮪魚中腹不要放芥末。

6

うにといくらをください。

u.ni to i.ku.ra o ku.da.sa.i

請給我海膽和鮭魚子。

7

しじみのお吸い物はいかがですか。

shi.ji.mi no o su.i.mo.no wa i.ka.ga de.su ka

來碗蜆湯，如何呢？

8

今日は鯛のおいしいのが入ってますよ。

kyo.o wa ta.i no o.i.shi.i no ga ha.i.tte.ma.su yo

今天有進好吃的鯛魚喔！

9

お茶のおかわりをください。

o cha no o.ka.wa.ri o ku.da.sa.i

請再給我一杯茶。

PART 2

1

本日のおすすめは何ですか。
ほんじつ　　　　　　　　　　なん
ho.n.ji.tsu no o.su.su.me wa na.n de.su ka
今天推薦的是什麼呢？

2

今日は、新鮮で甘みのある平目が入ってますが……。
きょう　　しんせん　あま　　　　　ひらめ　はい
kyo.o wa shi.n.se.n de a.ma.mi no a.ru hi.ra.me ga
ha.i.t.te.ma.su ga
今天進了又新鮮又甘甜的比目魚……。

3

刺身で食べると最高です。
さしみ　た　　　　　さいこう
sa.shi.mi de ta.be.ru to sa.i.ko.o de.su
做生魚片來吃的話最棒。

4

焼いて食べたいんですが……。
や　　　た
ya.i.te ta.be.ta.i n de.su ga
我想烤來吃……。

5

焼いてもとてもおいしいですよ。

ya.i.te mo to.te.mo o.i.shi.i de.su yo

烤的也非常好吃喔！

6

日本酒を熱燗で。

ni.ho.n.shu o a.tsu.ka.n de

日本酒要燙的。

7

日本酒を冷やで。

ni.ho.n.shu o hi.ya de

日本酒要冰的。

8

今日は寒いから、鍋でも食べようかな。

kyo.o wa sa.mu.i ka.ra na.be de.mo ta.be.yo.o ka.na

今天很冷，就吃火鍋吧！

9

この店の煮物はかなり薄味です。

ko.no mi.se no ni.mo.no wa ka.na.ri u.su.a.ji de.su

這家店燉煮的東西味道很淡。

1

いらっしゃい。
i.ra.s.sha.i
歡迎、歡迎！

2

まずは焼酎ちょうだい。
しょうちゅう
ma.zu wa sho.o.chu.u cho.o.da.i
先來燒酒。

3

まずはビールちょうだい。
ma.zu wa bi.i.ru cho.o.da.i
先來啤酒。

4

もう売り切れちゃいました。
う き
mo.o u.ri.ki.re.cha.i.ma.shi.ta
已經賣完了。

5 おでんもありますよ。
o.de.n mo a.ri.ma.su yo
也有關東煮喔！

6 枝豆とスルメちょうだい。
e.da.ma.me to su.ru.me cho.o.da.i
給我毛豆和乾魷魚。

7 それからちゃんぽん麺と焼きおにぎりも。
so.re.ka.ra cha.n.po.n.me.n to ya.ki.o.ni.gi.ri mo
接著還要什錦麵和烤飯糰。

8 博多といったら、とんこつラーメンでしょう。
ha.ka.ta to i.t.ta.ra to.n.ko.tsu.ra.a.me.n de.sho.o
說到博多，就是豚骨拉麵吧！

9 仕事帰りのサラリーマンでいっぱいですね。
shi.go.to.ga.e.ri no sa.ra.ri.i.ma.n de i.p.pa.i de.su ne
下班回家的上班族好多喔！

1
ご注文は。
go chu.u.mo.n wa
請問要點什麼？

2
照り焼きバーガーをポテトセットで。
te.ri.ya.ki.ba.a.ga.a o po.te.to se.t.to de
（我要）照燒漢堡搭配薯條套餐。

3
ドリンクは何になさいますか。
do.ri.n.ku wa na.n ni na.sa.i.ma.su ka
飲料要什麼呢？

4
ホットコーヒーをください。
ho.t.to.ko.o.hi.i o ku.da.sa.i
請給我熱咖啡。

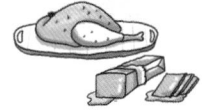

5

ファーストフードは安くて手軽なので、好きです。

fa.a.su.to.fu.u.do wa ya.su.ku.te te.ga.ru.na no.de su.ki
de.su

速食又便宜又方便，所以我很喜歡。

6

新商品はありますか。

shi.n.sho.o.hi.n wa a.ri.ma.su ka

有新產品嗎？

7

このおまけはもらえないんですか。

ko.no o.ma.ke wa mo.ra.e.na.i n de.su ka

這個贈品不能送我嗎？

8

先月から値上がりしたそうです。

se.n.ge.tsu ka.ra ne.a.ga.ri.shi.ta so.o de.su

據說從上個月開始漲價了。

9

シェイクは３種類の味がございますが……。

she.e.ku wa sa.n.shu.ru.i no a.ji ga go.za.i.ma.su ga

奶昔有三種口味……。

やきにくや
焼肉屋で
ya.ki.ni.ku.ya de
在烤肉店

1

ちゅうもん き
ご注文はお決まりですか。
go chu.u.mo.n wa o ki.ma.ri de.su ka
決定點什麼了嗎？

2

ぶた りょう
豚ロースの量はどれくらいですか。
bu.ta ro.o.su no ryo.o wa do.re ku.ra.i de.su ka
豬五花的量，大約多少呢？

3

ににんまえ
2人前くらいです。
ni.ni.n.ma.e ku.ra.i de.su
大約二人份。

4

ひと ねが
それとミノをそれぞれ１つずつお願い
します。
so.re to mi.no o so.re.zo.re hi.to.tsu zu.tsu o ne.ga.i
shi.ma.su
那麼，麻煩給我那個和牛肚各一份。

5

別の味のタレがありますか。

be.tsu no a.ji no ta.re ga a.ri.ma.su ka

有其他口味的沾醬嗎？

6

塩ダレもさっぱりしていて人気ですよ。

shi.o da.re mo sa.p.pa.ri.shi.te i.te ni.n.ki de.su yo

鹽味的沾醬很清爽，也很受歡迎喔！

PART 2

7

わかめスープを 4 つ追加してください。

wa.ka.me.su.u.pu o yo.t.tsu tsu.i.ka.shi.te ku.da.sa.i

請追加四份裙帶芽湯。

8

最後はやっぱり石焼ビビンバですよね。

sa.i.go wa ya.p.pa.ri i.shi.ya.ki.bi.bi.n.ba de.su yo ne

最後，還是要來份石鍋拌飯啊！

9

キムチをください。

ki.mu.chi o ku.da.sa.i

請給我泡菜。

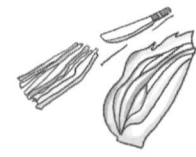

Shop 9 ちゃんこ鍋屋で
cha.n.ko.na.be.ya de
在力士鍋店

1

横綱コースはどんな味のスープですか。

yo.ko.zu.na ko.o.su wa do.n.na a.ji no su.u.pu de.su ka
横綱套餐是什麼味道的湯頭呢？

2

横綱コースは味噌味です。

yo.ko.zu.na ko.o.su wa mi.so a.ji de.su
橫綱套餐是味噌味。

3

小結コースはカレー味です。

ko.mu.su.bi ko.o.su wa ka.re.e a.ji de.su
小結套餐是咖哩味。

4

大関コースは塩味です。

o.o.ze.ki ko.o.su wa shi.o a.ji de.su
大關套餐是鹽味。

5

このお店は元横綱が開いたお店だそうです。
ko.no o mi.se wa mo.to yo.ko.zu.na ga hi.ra.i.ta o mi.se da so.o de.su

據說這家店是原來的橫綱開的店。

6

食べすぎておなかが破裂しそうです。
ta.be.su.gi.te o.na.ka ga ha.re.tsu.shi.so.o de.su

吃太飽，肚子好像快要爆開了。

7

冬はやっぱり鍋ですね。
fu.yu wa ya.p.pa.ri na.be de.su ne

冬天果然還是要火鍋啊！

8

お相撲さんがたくさんいますね。
o su.mo.o sa.n ga ta.ku.sa.n i.ma.su ne

有好多相撲選手喔！

9

また食べに来たいです。
ma.ta ta.be ni ki.ta.i de.su

還想再來吃。

1

きっさてん

窓際のお席へどうぞ。

ma.do.gi.wa no o se.ki e do.o.zo

請到窗邊的座位。

2

抹茶のかき氷でございます。

ma.c.cha no ka.ki.go.o.ri de go.za.i.ma.su

這是抹茶的剉冰。

3

注文したのはアイスクリームなんですが……。

chu.u.mo.n.shi.ta no wa a.i.su.ku.ri.i.mu na n de.su ga

我點的是冰淇淋……。

4

失礼しました。

shi.tsu.re.e.shi.ma.shi.ta

對不起。

5

今すぐご注文のものを持ってきます。

i.ma su.gu go chu.u.mo.n no mo.no o mo.t.te ki.ma.su

現在立刻送您點的東西過來。

6

このマカロンはフランス直輸入なんですよ。

ko.no ma.ka.ro.n wa fu.ra.n.su cho.ku.yu.nyu.u na n de.su yo

這馬卡龍，是從法國直接進口的喔！

7

いい雰囲気のお店ですね。

i.i fu.n.i.ki no o mi.se de.su ne

氣氛真好的店啊！

8

ウェイトレスさんがみんな可愛いですね。

we.e.to.re.su sa.n ga mi.n.na ka.wa.i.i de.su ne

女服務生全都好可愛喔！

9

今度は彼氏といっしょに来たいです。

ko.n.do wa ka.re.shi to i.s.sho ni ki.ta.i de.su

下次想和男朋友一起來。

メイドカフェで
me.e.do.ka.fe de
在女僕咖啡廳

1

おかえりなさいませ！
o.ka.e.ri na.sa.i ma.se
歡迎回家！

2

ご主人様、こちらへどうぞ。
go shu.ji.n sa.ma ko.chi.ra e do.o.zo
主人，請往這邊來。

3

かつ丼の大盛りを１つ。
ka.tsu.do.n no o.o.mo.ri o hi.to.tsu
大碗的豬排蓋飯一份。

4

サンドイッチはありませんか。
sa.n.do.i.c.chi wa a.ri.ma.se.n ka
沒有三明治嗎？

5

いっしょに写真(しゃしん)を撮(と)ってもらってもいいですか。

i.s.sho ni sha.shi.n o to.t.te mo.ra.t.te mo i.i de.su ka

可以一起照相嗎？

6

あちらにある漫画本(まんがぼん)はご自由(じゆう)にご覧(らん)いただけます。

a.chi.ra ni a.ru ma.n.ga.bo.n wa go ji.yu.u ni go ra.n i.ta.da.ke.ma.su

那邊的漫畫書可以自由閱覽。

7

8分(はっぷん)以内(いない)に完食(かんしょく)すると、メイドと写真撮影(しゃしんさつえい)ができます。

ha.p.pu.n i.na.i ni ka.n.sho.ku.su.ru to me.e.do to sha.shi.n.sa.tsu.e.e ga de.ki.ma.su

八分鐘之內吃完的話，可以和女僕照相。

8

挑戦(ちょうせん)なさいますか。

cho.o.se.n na.sa.i.ma.su ka

要不要挑戰看看呢？

9

はい、がんばります。

ha.i ga.n.ba.ri.ma.su

好！我會加油！

1

この桜海老、新鮮でおいしそう。
ko.no sa.ku.ra.e.bi shi.n.se.n.de o.i.shi.so.o
這個櫻花蝦，看起來又新鮮又好吃。

2

いらっしゃい！すごくおいしいよ。
i.ra.s.sha.i su.go.ku o.i.shi.i yo
歡迎光臨！非常好吃喔！

3

今、桜海老は旬だからね。
i.ma sa.ku.ra.e.bi wa shu.n da.ka.ra ne
因為現在，櫻花蝦正是季節呢！

4

でも機内に持ち込めないですよね。
de.mo ki.na.i ni mo.chi.ko.me.na.i de.su yo ne
可是不可以帶上飛機吧！

5

じゃ、店内の食堂で食べていくといいよ。

ja te.n.na.i no sho.ku.do.o de ta.be.te i.ku to i.i yo

那麼，可以在店內的食堂裡吃喔！

6

桜海老は天ぷらにして食べると最高だよ。

sa.ku.ra.e.bi wa te.n.pu.ra ni shi.te ta.be.ru to sa.i.ko.o da yo

櫻花蝦做成天婦羅來吃最棒了。

7

この店は築地で一番人気のある寿司屋です。

ko.no mi.se wa tsu.ki.ji de i.chi.ba.n ni.n.ki no a.ru su.shi.ya de.su

這家店是築地最受歡迎的壽司店。

8

通常1時間半待ちだそうです。

tsu.u.jo.o i.chi.ji.ka.n ha.n ma.chi da so.o de.su

據說通常要等一個半小時。

9

ここの海鮮丼、テレビで紹介されてました。

ko.ko no ka.i.se.n.do.n te.re.bi de sho.o.ka.i.sa.re.te.ma.shi.ta

這裡的海鮮蓋飯，在電視被報導過。

一定用得到的
餐廳用餐萬用句

席に案内する
せき　あんない
se.ki ni a.n.na.i.su.ru
帶位

何名様ですか。
なんめいさま
na.n.me.e sa.ma de.su ka
請問幾位呢？

4名です。
よんめい
yo.n.me.e de.su
四位。

6名です。
ろくめい
ro.ku.me.e de.su
六位。

4

きんえんせき あんない
禁煙席へご案内します。

ki.n.e.n.se.ki e go a.n.na.i.shi.ma.su

請隨我到禁菸區。

5

きつえんせき あんない
喫煙席へご案内します。

ki.tsu.e.n.se.ki e go a.n.na.i.shi.ma.su

請隨我到吸菸區。

6

す
タバコはお吸いになりますか。

ta.ba.ko wa o su.i ni na.ri.ma.su ka

請問抽菸嗎？

7

まどぎわ せき
窓際の席はありますか。

ma.do.gi.wa no se.ki wa a.ri.ma.su ka

有靠窗的位置嗎？

PART 3

8

ざしき あ
座敷は空いてますか。

za.shi.ki wa a.i.te.ma.su ka

鋪榻榻米的房間空著嗎？

9

きつえんせき ねが
喫煙席をお願いできますか。

ki.tsu.e.n.se.ki o o ne.ga.i de.ki.ma.su ka

可以麻煩給我吸菸區的位置嗎？

10

あいせき
相席でもかまいませんか。

a.i.se.ki de.mo ka.ma.i.ma.se.n ka

併桌也沒關係嗎？

すみません、他人丼って何ですか。

su.mi.ma.se.n ta.ni.n.do.n t.te na.n de.su ka

不好意思，什麼是「他人蓋飯」呢？

親子丼に似ていますが、肉は鶏肉ではなく
牛や豚を使っています。

o.ya.ko.do.n ni ni.te i.ma.su ga ni.ku wa to.ri.ni.ku de.wa
na.ku u.shi ya bu.ta o tsu.ka.t.te i.ma.su

和「雞肉雞蛋蓋飯」相似，但是肉不是用雞肉，而是使用
牛肉或豬肉。

牛肉が食べられないので、豚肉でお願い
できますか。

gyu.u.ni.ku ga ta.be.ra.re.na.i no.de bu.ta.ni.ku de o ne.ga.i
de.ki.ma.su ka

因為我不吃牛肉，所以可以麻煩給我豬肉嗎？

4

辛いものが苦手なので、スパイスは控えて
もらえますか。

ka.ra.i mo.no ga ni.ga.te.na no.de su.pa.i.su wa hi.ka.e.te
mo.ra.e.ma.su ka

因為我怕辣，所以可以不要太辣嗎？

5

これは何ですか。

ko.re wa na.n de.su ka

這是什麼呢？

6

おすすめは何ですか。

o.su.su.me wa na.n de.su ka

推薦的是什麼呢？

7

中国語のメニューはありますか。

chu.u.go.ku.go no me.nyu.u wa a.ri.ma.su ka

有中文的菜單嗎？

8 （本を広げて）これはありますか。
ho.n o hi.ro.ge.te ko.re wa a.ri.ma.su ka
（打開書）有這個嗎？

9 セットメニューはありますか。
se.t.to.me.nyu.u wa a.ri.ma.su ka
有套餐的菜單嗎？

10 ベジタリアンフードはありますか。
be.ji.ta.ri.a.n.fu.u.do wa a.ri.ma.su ka
有素食嗎？

Scene 3 注文する

chu.u.mo.n.su.ru

點菜

① ご注文はお決まりになりましたか。

go chu.u.mo.n wa o ki.ma.ri ni na.ri.ma.shi.ta ka

決定點什麼了嗎？

② カレーライスのAセットをください。

ka.re.e.ra.i.su no e.e.se.t.to o ku.da.sa.i

請給我咖哩飯的A套餐。

③ サラダのドレッシングはどうなさいますか。

sa.ra.da no do.re.s.shi.n.gu wa do.o na.sa.i.ma.su ka

要什麼沙拉醬呢？

4

サウザンアイランドで。

sa.u.za.n.a.i.ra.n.do de

千島醬。

5

ライスをパンに替<small>か</small>えてもらえますか。

ra.i.su o pa.n ni ka.e.te mo.ra.e.ma.su ka

飯可以換成麵包嗎?

6

塩<small>しお</small>を少<small>すく</small>なめにしてください。

shi.o o su.ku.na.me ni shi.te ku.da.sa.i

鹽請放少一點。

7

(隣<small>となり</small>のテーブルを見<small>み</small>て) あれと同<small>おな</small>じものを もらえますか。

to.na.ri no te.e.bu.ru o mi.te a.re to o.na.ji mo.no o mo.ra.e.ma.su ka

(看隔壁的桌子) 我可以點和那個一樣的東西嗎?

8

ハンバーグとスパゲッティ、コロッケ定食を
1つずつ。

ha.n.ba.a.gu to su.pa.ge.t.ti ko.ro.k.ke te.e.sho.ku o
hi.to.tsu zu.tsu

漢堡排和義大利麵、可樂餅定食各一份。

9

月見うどんを2つお願いします。

tsu.ki.mi.u.do.n o fu.ta.tsu o ne.ga.i shi.ma.su

麻煩給我二份月見烏龍麵。

10

サーロインステーキをセットで。

sa.a.ro.i.n.su.te.e.ki o se.t.to de

我要骰子牛排套餐。

1

お飲み物は何になさいますか。

o no.mi.mo.no wa na.n ni na.sa.i.ma.su ka

要什麼飲料呢？

2

紅茶はありますか。

ko.o.cha wa a.ri.ma.su ka

有紅茶嗎？

3

ホットとアイスがございますが……。

ho.t.to to a.i.su ga go.za.i.ma.su ga

有熱的和冰的……。

ホットで。
ho.t.to de
請給我熱的。

ホットコーヒーを 1 つとアイスミルクティーを 2 つ。
ho.t.to ko.o.hi.i o hi.to.tsu to a.i.su mi.ru.ku.ti.i o fu.ta.tsu
熱咖啡一杯和冰奶茶二杯。

ノンアルコールのものはありますか。
no.n.a.ru.ko.o.ru no mo.no wa a.ri.ma.su ka
有不含酒精的飲料嗎？

メインディッシュといっしょに持ってきてください。
me.i.n.di.s.shu to i.s.sho ni mo.t.te ki.te ku.da.sa.i
請和主菜一起上。

食後にお願いします。
sho.ku.go ni o ne.ga.i shi.ma.su
麻煩餐後。

氷は入れないでください。
ko.o.ri wa i.re.na.i.de ku.da.sa.i
請不要放冰塊。

生ビールをボトルで2本。
na.ma.bi.i.ru o bo.to.ru de ni.ho.n
給我瓶裝生啤酒二瓶。

ステーキの焼き加減
su.te.e.ki no ya.ki.ka.ge.n
牛排煎烤的程度

ステーキの焼き加減はどうなさいますか。
su.te.e.ki no ya.ki.ka.ge.n wa do.o na.sa.i.ma.su ka
牛排要幾分熟呢？

レアで。
re.a de
三分熟。

ミディアムで。
mi.di.a.mu de
五分熟。

4

ウェルダンで。
we.ru.da.n de
全熟。

5

ソースは和風とガーリック風味がございますが……。
so.o.su wa wa.fu.u to ga.a.ri.k.ku fu.u.mi ga go.za.i.ma.su ga
醬汁有和風和大蒜口味……。

6

和風で。
wa.fu.u de
給我和風醬。

7

ブラックペッパー風味のソースはありますか。
bu.ra.k.ku.pe.p.pa.a fu.u.mi no so.o.su wa a.ri.ma.su ka
有黑胡椒口味的醬汁嗎？

8

ソースじゃなくて、塩だけで食べたいんです
が……。

so.o.su ja na.ku.te shi.o da.ke de ta.be.ta.i n de.su ga
想不要醬汁，只要用鹽來吃……。

9

ガーリックバターをもらえますか。

ga.a.ri.k.ku.ba.ta.a o mo.ra.e.ma.su ka
可以給我大蒜奶油嗎？

10

ソースは別容器に入れてもらえますか。

so.o.su wa be.tsu.yo.o.ki ni i.re.te mo.ra.e.ma.su ka
醬汁可以幫我裝在另外的容器上嗎？

Scene
もん だい　　　　お
⑥ 問題が起こる
mo.n.da.i ga o.ko.ru
發生問題

① すみません、ナイフを落としてしまったん
ですが……。
su.mi.ma.se.n na.i.fu o o.to.shi.te shi.ma.t.ta n de.su ga
不好意思，刀子掉了……。

いま
② 今すぐお持ちいたします。
i.ma su.gu o mo.chi i.ta.shi.ma.su
現在馬上去拿。

たの
③ これ、頼んでませんけど……。
ko.re ta.no.n.de.ma.se.n ke.do
這個，我沒有點……。

4

しつれい
失礼いたしました。

shi.tsu.re.e.i.ta.shi.ma.shi.ta

對不起。

5

**このスプーン、ちょっと汚れてるんです
が……。**

ko.no su.pu.u.n cho.t.to yo.go.re.te.ru n de.su ga

這個湯匙，有點髒……。

6

せき　か
うるさいので席を替えていただけますか。

u.ru.sa.i no.de se.ki o ka.e.te i.ta.da.ke.ma.su ka

因為很吵，所以可以換座位嗎？

7

さんじゅっぷん　　　　　　　　　りょう り　き
**もう３０分もたつのに、料理が来てないん
ですが……。**

mo.o sa.n.ju.p.pu.n mo ta.tsu no.ni ryo.o.ri ga ki.te na.i n
de.su ga

都已經過三十分鐘了，菜還沒有來……。

ワインをこぼしちゃったんですが……。

wa.i.n o ko.bo.shi.cha.t.ta n de.su ga

葡萄酒倒了……。

さっき頼んだものを変更したいんですが……。

sa.k.ki ta.no.n.da mo.no o he.n.ko.o.shi.ta.i n de.su ga

我想更換剛剛點的東西……。

ちょっと気分が悪いんですが……。

cho.t.to ki.bu.n ga wa.ru.i n de.su ga

有點不舒服……。

PART 3

1
すみません、お手洗いはどちらですか。
て あら
su.mi.ma.se.n o te.a.ra.i wa do.chi.ra de.su ka
不好意思，請問洗手間在哪裡呢？

2
ここをまっすぐ行って、右側になります。
い みぎがわ
ko.ko o ma.s.su.gu i.t.te mi.gi.ga.wa ni na.ri.ma.su
從這裡直走，就在右邊。

3
階段の下にあります。
かいだん した
ka.i.da.n no shi.ta ni a.ri.ma.su
在樓梯下面。

4

トイレはどこですか。

to.i.re wa do.ko de.su ka

廁所在哪裡呢？

5

化粧室はどこですか。
け しょうしつ

ke.sho.o.shi.tsu wa do.ko de.su ka

化妝室在哪裡呢？

6

一番奥にあります。
いちばんおく

i.chi.ba.n o.ku ni a.ri.ma.su

在最裡面。

7

ここは禁煙です。
きんえん

ko.ko wa ki.n.e.n de.su

這裡禁菸。

8

「音姫」というのは、何ですか。

o.to.hi.me to i.u no wa na.n de.su ka

所謂的「音姫」，是什麼呢？

9

「音姫」というのは、トイレの擬音装置のことです。

o.to.hi.me to i.u no wa to.i.re no gi.o.n.so.o.chi no ko.to de.su

所謂的「音姫」，就是廁所的模擬聲音裝置。

10

日本人はおもしろいものを発明しますね。

ni.ho.n.ji.n wa o.mo.shi.ro.i mo.no o ha.tsu.me.e.shi.ma.su ne

日本人總是發明些有趣的東西呢！

し はら
8 支払いをする
shi.ha.ra.i o su.ru

結帳

1

かんじょう ねが
お勘定をお願いします。

o ka.n.jo.o o o ne.ga.i shi.ma.su

麻煩幫我結帳。

2

げんきん しはら
カードと現金、どちらでお支払いですか。

ka.a.do to ge.n.ki.n do.chi.ra de o shi.ha.ra.i de.su ka

信用卡和現金，要用哪一種付款呢？

3

げんきん
現金で。

ge.n.ki.n de

用現金。

キャッシュで。

kya.s.shu de

用現金。

カードでお願いします。

ka.a.do de o ne.ga.i shi.ma.su

麻煩我要用卡。

消費税込みで2万 4 6 7 5円になります。

sho.o.hi.ze.e ko.mi de ni.ma.n.yo.n.se.n.ro.p.pya.ku.na.na.ju.u.go.e.n ni na.ri.ma.su

含稅是二萬四千六百七十五日圓。

お支払いはどちらですか。

o shi.ha.ra.i wa do.chi.ra de.su ka

在哪裡結帳呢？

VISAカードは使えますか。

bi.za.ka.a.do wa tsu.ka.e.ma.su ka

可以用VISA卡嗎？

258円のおつりになります。

ni.hya.ku.go.ju.u.ha.chi.e.n no o tsu.ri ni na.ri.ma.su

零錢是二百五十八日圓（找您二百五十八日圓）。

とてもおいしかったです。

to.te.mo o.i.shi.ka.t.ta de.su

非常好吃。

PART
4

誰都要會的
用餐禮節萬用句

1

刺身を食べるときの山葵は醤油に溶かさず、
食べるごとに刺身の上にのせ、身の部分だけ
を醤油につけて食べます。

sa.shi.mi o ta.be.ru to.ki no wa.sa.bi wa sho.o.yu ni
to.ka.sa.zu ta.be.ru go.to ni sa.shi.mi no u.e ni no.se
mi no bu.bu.n da.ke o sho.o.yu ni tsu.ke.te ta.be.ma.su

吃生魚片時的芥末，不可以溶在醬油裡，要每次吃時，放
在生魚片上面，只有生魚片的部分沾醬油吃。

2

おかずをご飯にのせるとご飯が汚くなって
しまうので、ご飯の上にはのせずに直接
食べるか、取り皿にのせてから食べます。

o.ka.zu o go.ha.n ni no.se.ru.to go.ha.n ga ki.ta.na.ku
na.t.te shi.ma.u no.de go.ha.n no u.e ni wa no.se.zu ni
cho.ku.se.tsu ta.be.ru ka to.ri.za.ra ni no.se.te ka.ra
ta.be.ma.su

因為把菜餚放到飯的上面，飯會弄髒，所以不要放在飯上
面直接吃，或是放到取菜用的小碟子上以後再吃。

3 食べ終わった後の食器は、傷がつくので
重ねてはいけません。

ta.be.o.wa.t.ta a.to no sho.k.ki wa ki.zu ga tsu.ku no.de
ka.sa.ne.te wa i.ke.ma.se.n

用完餐後的餐具，因為會刮傷，所以不可以疊在一起。

4 煮物の煮汁は飲んでもいいですが、音を
立ててはいけません。

ni.mo.no no ni.ji.ru wa no.n.de mo i.i de.su ga o.to o
ta.te.te wa i.ke.ma.se.n

燉煮物的湯汁也可以喝，但是不可以發出聲音。

PART 4

5 おしぼりは手を拭くためのものなので、口を
拭いてはいけません。

o.shi.bo.ri wa te o fu.ku ta.me no mo.no na no.de ku.chi
o fu.i.te wa i.ke.ma.se.n

濕毛巾是用來擦手的，所以不可以擦嘴。

6

食べ始めるとき、箸は両手で持ちあげた
ほうがいいです。

ta.be.ha.ji.me.ru to.ki ha.shi wa ryo.o.te de mo.chi.a.ge.ta
ho.o ga i.i de.su

開始吃的時候，筷子要用雙手拿比較好。

7

日本料理の中で茶碗蒸しだけは、中身を
かき混ぜて食べてもいいです。

ni.ho.n.ryo.o.ri no na.ka de cha.wa.n.mu.shi da.ke wa
na.ka.mi o ka.ki.ma.ze.te ta.be.te mo i.i de.su

日本料理中，只有茶碗蒸，是把裡面的料拌在一起吃也沒
關係的。

8

割り箸を割ったら、すぐ食べ始めないで１度
箸置きに置きます。

wa.ri.ba.shi o wa.t.ta.ra su.gu ta.be.ha.ji.me.na.i.de
i.chi.do ha.shi.o.ki ni o.ki.ma.su

免洗筷扳開以後，不要立刻開始吃，要先置放在筷架上一
次。

9

盛りつけられた料理を中央から取るのは、
「畜生喰い」といわれ下品な行為なので、
端から食べます。

mo.ri.tsu.ke.ra.re.ta ryo.o.ri o chu.u.o.o ka.ra to.ru no wa
chi.ku.sho.o.gu.i to i.wa.re ge.hi.n.na ko.o.i na no.de
ha.shi ka.ra ta.be.ma.su

一大盤菜從中間開始拿，會被認為是「牲畜的吃法」，是
低級的行為，所以要從邊緣開始吃起。

10

焼き鳥などの串物料理は串に刺したまま直接
食べずに、串を回して料理を串からはずし、
一口分にして食べます。

ya.ki.to.ri na.do no ku.shi.mo.no.no.ryo.o.ri wa ku.shi ni
sa.shi.ta ma.ma cho.ku.se.tsu ta.be.zu ni ku.shi o
ma.wa.shi.te ryo.o.ri o ku.shi ka.ra ha.zu.shi hi.to.ku.chi
bu.n ni shi.te ta.be.ma.su

烤雞肉串等串燒料理，不要直接吃插在竹串上的，要轉動
竹串，從竹串上取下料理，然後再一口一口地吃。

①

ナイフは右手で持ち、フォークは左手で
みぎ て　 も　　　　　　　　　　　　　ひだり て
持ちます。
も

na.i.fu wa mi.gi.te de mo.chi fo.o.ku wa hi.da.ri.te de
mo.chi.ma.su

刀子要用右手拿，叉子要用左手拿。

②

食事中はナイフとフォークを「ハ」の字に
しょく じ ちゅう　　　　　　　　　　　　　　　　　 じ
おきます。

sho.ku.ji.chu.u wa na.i.fu to fo.o.ku o ha no ji ni
o.ki.ma.su

用餐中，刀子和叉子要呈「ハ」字形擺放。

3

ナプキンは膝の上に広げるものですので、
首にかけるのはやめましょう。

na.pu.ki.n wa hi.za no u.e ni hi.ro.ge.ru mo.no de.su
no.de ku.bi ni ka.ke.ru no wa ya.me.ma.sho.o

餐巾是攤在膝蓋上的東西，所以不要掛在脖子上喔！

4

食事中に席を立つとき、ナプキンは椅子の
上か背もたれに置きます。

sho.ku.ji.chu.u ni se.ki o ta.tsu to.ki na.pu.ki.n wa i.su no
u.e ka se.mo.ta.re ni o.ki.ma.su

用餐中要離席時，餐巾要放在椅子上或椅背上。

5

パンに肉汁やソースをつけて食べてもいい
です。

pa.n ni ni.ku.ju.u ya so.o.su o tsu.ke.te ta.be.te mo i.i
de.su

麵包沾肉汁或醬汁吃，也沒關係。

PART 4

6

ワイングラスは、手のひら全体で持つと
ワインが温まってしまうので、脚の部分を
持つようにします。

wa.i.n.gu.ra.su wa te no hi.ra ze.n.ta.i de mo.tsu.to wa.i.n
ga a.ta.ta.ma.t.te shi.ma.u no.de a.shi no bu.bu.n o
mo.tsu yo.o ni shi.ma.su

由於葡萄酒杯，用整個手掌捧著的話，葡萄酒會變熱，所
以要只拿杯腳的部分。

7

スープを最後の1滴まで飲み干すのは
みっともないので、少量残しておきます。

su.u.pu o sa.i.go no i.t.te.ki ma.de no.mi.ho.su no wa
mi.t.to.mo.na.i no.de sho.o.ryo.o no.ko.shi.te o.ki.ma.su

由於湯喝乾到最後一滴很難看，所以要預留一點點。

8

ワインを注いでもらうときは、ビールや
日本酒と違い、持ちあげてはいけません。

wa.i.n o so.so.i.de mo.ra.u to.ki wa bi.i.ru ya ni.ho.n.shu
to chi.ga.i mo.chi.a.ge.te wa i.ke.ma.se.n

別人幫我們倒葡萄酒時，和啤酒或日本酒不同，不可以拿
起來。

9

バッグは椅子の背に置くのがベストですが、
置けないときは、右の床上に置きます。

ba.g.gu wa i.su no se ni o.ku no ga be.su.to de.su ga
o.ke.na.i to.ki wa mi.gi no yu.ka.u.e ni o.ki.ma.su

包包放在椅背是最好的，但是沒辦法放時，可以放在右邊
的地上。

③ 中華料理の食事マナー
chu.u.ka.ryo.o.ri no sho.ku.ji ma.na.a
中餐的用餐禮節

1

海老の殻は手で剥いた後、箸でつまんで
食べます。

e.bi no ka.ra wa te de mu.i.ta a.to ha.shi de tsu.ma.n.de
ta.be.ma.su

蝦殼要用手剝開後，用筷子夾著吃。

2

春巻きは箸で一口大に切って食べ、直接
かぶりついてはいけません。

ha.ru.ma.ki wa ha.shi de hi.to.ku.chi.da.i ni ki.t.te ta.be
cho.ku.se.tsu ka.bu.ri.tsu.i.te wa i.ke.ma.se.n

春巻要用筷子切成一口大小再吃，不可以直接咬下去。

ターンテーブルは時計回りに回します。

ta.a.n.te.e.bu.ru wa to.ke.e ma.wa.ri ni ma.wa.shi.ma.su

有旋轉圓盤的餐桌，要順時鐘轉。

取り皿が汚れたら、取り替えてもらいます。

to.ri.za.ra ga yo.go.re.ta.ra to.ri.ka.e.te mo.ra.i.ma.su

取菜用的小碟子要是髒了，就要請人換。

取り皿は手に持って食べてはいけません。

to.ri.za.ra wa te ni mo.t.te ta.be.te wa i.ke.ma.se.n

取菜用的小碟子，不可以拿在手上吃。

6

ちゅう か りょう り
中華料理では、ご飯にスープをかけて
た
食べてもいいです。

chu.u.ka.ryo.o.ri de wa go.ha.n ni su.u.pu o ka.ke.te
ta.be.te mo i.i de.su

吃中華料理時，把湯淋到飯裡吃也沒關係。

7

おおざらりょう り　　　 と　ばし　　　　　　　　　 じ ぶん　はし
大皿料理に取り箸がないときは、自分の箸を
つか
使ってもいいです。

o.o.za.ra.ryo.o.ri ni to.ri.ba.shi ga na.i to.ki wa ji.bu.n no
ha.shi o tsu.ka.t.te mo i.i de.su

大盤料理上沒有公筷時，用自己的筷子也沒關係。

8

しゅじん　　　 きゃく　りょう り　 と
主人がお客に料理を取ってあげるのは、
い はん
マナー違反です。

shu.ji.n ga o kya.ku ni ryo.o.ri o to.t.te a.ge.ru no wa
ma.na.a i.ha.n de.su

主人幫客人挾菜，是違反禮儀的。

9

中華マンはまず真ん中から手で半分に割り、食べやすい大きさにちぎって食べます。

chu.u.ka.ma.n wa ma.zu ma.n.na.ka ka.ra te de ha.n.bu.n ni wa.ri ta.be.ya.su.i o.o.ki.sa ni chi.gi.t.te ta.be.ma.su

包子要先用手從正中間分成兩半，然後再撕成方便吃的大小再吃。

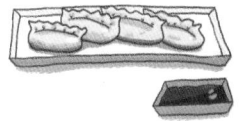

④ デザートの食事マナー

de.za.a.to no sho.ku.ji ma.na.a

甜點的用餐禮節

1

コーヒーカップを両手で包み込むようにして
飲むと、「ぬるいですね」という嫌味になる
ので、取っ手を片手で持ちながら飲みます。

ko.o.hi.i.ka.p.pu o ryo.o.te de tsu.tsu.mi.ko.mu yo.o ni
shi.te no.mu to nu.ru.i de.su ne to i.u i.ya.mi ni na.ru
no.de to.t.te o ka.ta.te de mo.chi.na.ga.ra no.mi.ma.su

咖啡杯不可以用兩手像包起來一樣地喝，因為會讓人覺得
是在嫌棄「咖啡溫溫的」，所以要單手握杯把一邊喝。

2

ケーキについているセロファンは、フォーク
の先を使って取ります。

ke.e.ki ni tsu.i.te i.ru se.ro.fa.n wa fo.o.ku no sa.ki o
tsu.ka.t.te to.ri.ma.su

附在蛋糕上的玻璃紙，要用叉子的前端挑開。

3

コーヒーを混ぜたスプーンは、カップの
向こう側に置きます。

ko.o.hi.i o ma.ze.ta su.pu.u.n wa ka.p.pu no mu.ko.o.ga.wa
ni o.ki.ma.su

攪拌後的咖啡湯匙，要放在杯子的另一邊。

4

レモンティーのレモンは、入れて時間が
たちすぎると苦くなってしまうので、
なるべく早めに取り出します。

re.mo.n.ti.i no re.mo.n wa i.re.te ji.ka.n ga ta.chi.su.gi.ru
to ni.ga.ku na.t.te shi.ma.u no.de na.ru.be.ku ha.ya.me ni
to.ri.da.shi.ma.su

檸檬茶的檸檬，如果泡太久會變苦，所以要盡早取出。

5

メロンはフォークで押さえながら、ナイフを
入れて実をはずし、切って食べます。

me.ro.n wa fo.o.ku de o.sa.e.na.ga.ra na.i.fu o i.re.te
mi o ha.zu.shi ki.t.te ta.be.ma.su

哈密瓜要一邊用叉子壓著，一邊用刀子取下果肉，然後切
著吃。

6

一口サイズのケーキは、手でつまんで直接
口に入れてもいいです。

hi.to.ku.chi sa.i.zu no ke.e.ki wa te de tsu.ma.n.de
cho.ku.se.tsu ku.chi ni i.re.te mo i.i de.su

一口大小的蛋糕，用手抓起來，直接放到嘴裡也沒關係。

7

ミルフィーユのように崩れやすいものは、
倒して食べてもいいです。

mi.ru.fi.i.yu no yo.o ni ku.zu.re.ya.su.i mo.no wa
ta.o.shi.te ta.be.te mo i.i de.su

像千層派那樣容易坍塌的食物，弄倒再吃也沒關係。

8

和菓子についてくる楊枝は和菓子を一口大に
切り、刺して食べるためのものなので、
それで歯にはさまったくずを取っては
いけません。

wa.ga.shi ni tsu.i.te ku.ru yo.o.ji wa wa.ga.shi o
hi.to.ku.chi.da.i ni ki.ri sa.shi.te ta.be.ru ta.me no mo.no na
no.de so.re de ha ni ha.sa.ma.t.ta ku.zu o to.t.te wa
i.ke.ma.se.n

附在和風點心上送來的竹籤，是用來把和風點心切成一口
大小、然後再插來吃的東西，所以不可以用它來挑塞在牙
縫裡的菜渣。

9

葡萄の種は、紙ナプキンを口元に持っていき、見えないように取り出します。

bu.do.o no ta.ne wa ka.mi.na.pu.ki.n o ku.chi.mo.to ni
mo.t.te i.ki mi.e.na.i yo.o ni to.ri.da.shi.ma.su

葡萄的籽，要拿紙巾貼近嘴邊、不要讓人家看到地取出。

10

三角形のケーキは尖ったほうを左側にして、すくいながら食べていきます。

sa.n.ka.ku.ke.e no ke.e.ki wa to.ga.t.ta ho.o o
hi.da.ri.ga.wa ni shi.te su.ku.i.na.ga.ra ta.be.te i.ki.ma.su

三角形的蛋糕，要把尖的部分朝左，一邊挖取一邊吃。

PART 4

Manner ⑤ 日本料理の器の並べ方

にほんりょうり　うつわ　なら　かた

ni.ho.n.ryo.o.ri no u.tsu.wa no na.ra.be.ka.ta

日本料理的餐具擺法

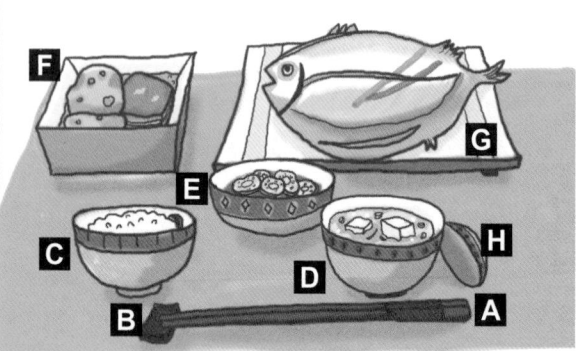

A 箸 ha.shi　筷子
はし

B 箸おき ha.shi.o.ki　筷架
はし

C ごはん go.ha.n　白飯

D 汁物 shi.ru.mo.no　湯
しるもの

E 漬物 tsu.ke.mo.no　醬菜
つけもの

F 副菜（煮物など）

fu.ku.sa.i（ni.mo.no na.do）

副菜（燉煮類等）

G 主菜（焼き物など）

shu.sa.i（ya.ki.mo.no na.do）

主菜（燒烤類等）

H お椀のふた o wa.n no fu.ta　碗蓋

　　吃日本料理的時候，要從最靠近自己的菜餚開始下筷，先用左邊那一道，再用右邊那一道。接著取用最中間的那一盤。最後才享用離自己最遠的那二道菜，順序也是由左至右。也就是依照圖中 C→D→E→F→G的順序。記得這個規則的話，便能順暢地享受日本料理囉！

在日本，有絕對不可以那樣做的「使用筷子的方法」。例如華人也有忌諱，不可以在盛有飯的碗裡插上筷子，因為這樣會像拜神佛的飯，所以視為禁忌。這種情況在日本，稱之為「立て箸」，同樣也是絕對不被允許的用餐禮儀之一。為了不讓對方不愉快，以下的用筷禁忌，還是記下來比較好喔！

寄せ箸 yo.se.ba.shi
用筷子把盤子拖來拖去。

迷い箸 ma.yo.i.ba.shi
不知道要吃哪一道菜，拿著筷子在料理的上面晃來晃去。

二人箸 fu.ta.ri.ba.shi
在日本，二個人同時挾一道菜，如同人死後的撿骨儀式，非常忌諱，所以當人家挾菜挾

不起來時，旁人也不可用筷子幫忙。

涙箸 na.mi.da.ba.shi
湯或醬油等，從筷子的前端滴滴答答地滴下來。

空箸 ka.ra.ba.shi
筷子明明已經挾了菜，卻不吃又把它放回去。

刺し箸 sa.shi.ba.shi
用筷子插食物來吃。

かき箸 ka.ki.ba.shi
嘴巴貼著餐具的邊緣，用筷子猛扒料理，狼吞虎嚥。

すかし箸 su.ka.shi.ba.shi
吃有刺的魚時，吃完上面的魚肉之後，不翻面，直接繼續吃下面那一半。

日本人最愛的
料理食譜

1 カレーライス

ka.re.e.ra.i.su

咖哩飯

1

野菜と肉を食べやすい大きさに切ります。

ya.sa.i to ni.ku o ta.be.ya.su.i o.o.ki.sa ni ki.ri.ma.su

將蔬菜和肉，切成方便吃的大小。

2

鍋にサラダ油を敷き、野菜と肉を入れて肉の色が変わるまで炒めます。

na.be ni sa.ra.da.a.bu.ra o shi.ki ya.sa.i to ni.ku o i.re.te ni.ku no i.ro ga ka.wa.ru ma.de i.ta.me.ma.su

鍋裡均勻放入沙拉油，放入蔬菜和肉，一直炒到肉的顏色改變為止。

3

水を入れて強火で煮ます。

mi.zu o i.re.te tsu.yo.bi de ni.ma.su

倒入水，用大火燉煮。

4

沸騰したらアクをとり、中火で15分くらい
煮ます。

fu.t.to.o.shi.ta.ra a.ku o to.ri chu.u.bi de ju.u.go.fu.n
ku.ra.i ni.ma.su

沸騰之後，除去浮沫，用中火燉煮十五分鐘左右。

5

野菜が柔らかくなったら火を止め、カレーの
ルーを割って入れます。

ya.sa.i ga ya.wa.ra.ka.ku na.t.ta.ra hi o to.me ka.re.e no
ru.u o wa.t.te i.re.ma.su

待蔬菜變軟後熄火，剝開咖哩塊放進去。

6

とろみがつくまで弱火で10分くらい煮ます。

to.ro.mi ga tsu.ku ma.de yo.wa.bi de ju.p.pu.n ku.ra.i
ni.ma.su

用小火燉煮十分鐘左右，直到變得濃稠為止。

PART 5

7

かくし味で、醤油をちょっと入れます。

ka.ku.shi.a.ji de sho.o.yu o cho.t.to i.re.ma.su

加入一點點醬油提味。

8

できあがりです。

de.ki.a.ga.ri de.su

完成。

9

かくし味にはケチャップやりんご、牛乳
などを入れてもおいしいです。

ka.ku.shi.a.ji ni wa ke.cha.p.pu ya ri.n.go gyu.u.nyu.u
na.do o i.re.te mo o.i.shi.i de.su

提味時，可加入蕃茄醬或蘋果、牛奶等等，也很美味。

Recipe 2 とんかつ
to.n.ka.tsu
炸豬排

1

豚肉の筋を切ります。

bu.ta.ni.ku no su.ji o ki.ri.ma.su

切除豬肉的筋。

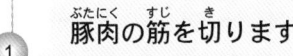

2

豚肉の両面に塩と胡椒をふっておきます。

bu.ta.ni.ku no ryo.o.me.n ni shi.o to ko.sho.o o fu.t.te o.ki.ma.su

在豬肉的二面撒上鹽和胡椒粉。

3

に こむぎこ よ ぶん こな
2に小麦粉をつけ、余分な粉を
たた お
叩き落とします。

ni ni ko.mu.gi.ko o tsu.ke yo.bu.n.na ko.na o
ta.ta.ki.o.to.shi.ma.su

把2沾上麵粉，拍除多餘的粉末。

4

たまご と さん こ
卵をよく溶いて3をつけ、それにパン粉を
つけます。

ta.ma.go o yo.ku to.i.te sa.n o tsu.ke so.re ni pa.n.ko o
tsu.ke.ma.su

將蛋好好打勻，沾上3，並沾上麵包粉。

5

ひゃくななじゅう ど あぶら よん い
１７０度のサラダ油に４を入れ、返しながら
ひ とお あ
火が通るまで揚げます。

hya.ku.na.na.ju.u.do no sa.ra.da.a.bu.ra ni yo.n o i.re
ka.e.shi.na.ga.ra hi ga to.o.ru ma.de a.ge.ma.su

將4放入一百七十度的沙拉油裡，一邊翻面一邊炸到中心
熟透為止。

6

あぶら き た おお き
油を切って、食べやすい大きさに切ります。

a.bu.ra o ki.t.te ta.be.ya.su.i o.o.ki.sa ni ki.ri.ma.su

將油瀝乾，切成方便吃的大小。

7

千<ruby>切<rt>せん</rt></ruby><ruby>切<rt>ぎ</rt></ruby>りにしたキャベツを<ruby>盛<rt>も</rt></ruby>り、ソースを
かけます。

se.n.gi.ri ni shi.ta kya.be.tsu o mo.ri so.o.su o
ka.ke.ma.su

盛放切成細絲的高麗菜,淋上醬汁。

8

できあがりです。

de.ki.a.ga.ri de.su

完成。

9

<ruby>肉<rt>にく</rt></ruby>を<ruby>包丁<rt>ほうちょう</rt></ruby>の<ruby>背<rt>せ</rt></ruby>などで<ruby>叩<rt>たた</rt></ruby>いておくと、<ruby>柔<rt>やわ</rt></ruby>らかく
なり、おいしいです。

ni.ku o ho.o.cho.o no se na.do de ta.ta.i.te o.ku to
ya.wa.ra.ka.ku na.ri o.i.shi.i de.su

事先用菜刀的刀背等敲打肉的話,會變軟,很美味。

ハンバーグ
ha.n.ba.a.gu
漢堡排

1

玉葱をみじん切りにして、透明になるまで
炒めます。

ta.ma.ne.gi o mi.ji.n.gi.ri ni shi.te to.o.me.e ni na.ru ma.de
i.ta.me.ma.su

將洋蔥切成碎末，炒到變透明為止。

2

炒めた玉葱をよく冷まし、卵を溶いて
おきます。

i.ta.me.ta ta.ma.ne.gi o yo.ku sa.ma.shi ta.ma.go o to.i.te
o.ki.ma.su

將炒過的洋蔥徹底冷卻，蛋打好備用。

3

豚ひき肉と牛ひき肉をボールに入れます。

bu.ta.hi.ki.ni.ku to gyu.u.hi.ki.ni.ku o bo.o.ru ni i.re.ma.su

將豬絞肉和牛絞肉放進鉢中。

4

3に溶いた卵とパン粉、冷ました玉葱、塩、胡椒を入れてよく混ぜます。

sa.n ni to.i.ta ta.ma.go to pa.n.ko sa.ma.shi.ta
ta.ma.ne.gi shi.o ko.sho.o o i.re.te yo.ku ma.ze.ma.su

將打好的蛋和麵包粉、冷卻過的洋蔥、鹽、胡椒粉放入3裡，仔細地混合。

5

肉を4つに分けて小判形にし、真ん中を少しへこませます。

ni.ku o yo.t.tsu ni wa.ke.te ko.ba.n.ga.ta ni shi
ma.n.na.ka o su.ko.shi he.ko.ma.se.ma.su

將肉分成四等分，捏成橢圓形，讓中間稍微凹下。

6

フライパンにサラダ油を熱し、中火で肉を焼きます。

fu.ra.i.pa.n ni sa.ra.da.a.bu.ra o ne.s.shi cku.u.bi de ni.ku
o ya.ki.ma.su

平底鍋上沙拉油加熱，用中火煎肉。

7

肉をひっくり返し、ふたをして蒸し焼きに
します。

ni.ku o hi.k.ku.ri.ka.e.shi fu.ta o shi.te mu.shi.ya.ki ni
shi.ma.su

將肉翻面，蓋上鍋蓋悶煎。

8

できあがりです。

de.ki.a.ga.ri de.su

完成。

9

ハンバーグの肉は、左右の手で軽く投げて
中の空気を抜きましょう。こうすると、
焼いたとき割れにくくなります。

ha.n.ba.a.gu no ni.ku wa sa.yu.u no te de ka.ru.ku
na.ge.te na.ka no ku.u.ki o nu.ki.ma.sho.o ko.o su.ru to
ya.i.ta to.ki wa.re.ni.ku.ku na.ri.ma.su

漢堡排的肉，用左右手輕輕拋擲，去除裡面的空氣吧！
如此一來，煎的時候才不容易裂開。

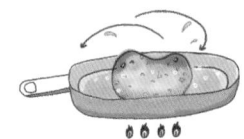

Recipe 4 コロッケ

ko.ro.k.ke

可樂餅

1

じゃが芋を洗い、お湯で茹でます。

ja.ga.i.mo o a.ra.i o yu de yu.de.ma.su

清洗馬鈴薯，用熱水燙煮。

2

じゃが芋が柔らかくなったら、熱いうちに皮を剥いてつぶします。

ja.ga.i.mo ga ya.wa.ra.ka.ku na.t.ta.ra a.tsu.i u.chi ni ka.wa o mu.i.te tsu.bu.shi.ma.su

待馬鈴薯變軟，趁熱剝皮之後壓碎。

PART 5

3

<ruby>玉葱<rt>たまねぎ</rt></ruby>をみじん<ruby>切<rt>ぎ</rt></ruby>りにし、バターでよく
<ruby>炒<rt>いた</rt></ruby>めます。

ta.ma.ne.gi o mi.ji.n.gi.ri ni shi ba.ta.a de yo.ku
i.ta.me.ma.su

將洋蔥切成碎末，用奶油仔細地炒。

4

<ruby>3<rt>さん</rt></ruby>に<ruby>ひき肉<rt>にく</rt></ruby>を<ruby>入<rt>い</rt></ruby>れて<ruby>炒<rt>いた</rt></ruby>め、<ruby>塩<rt>しお</rt></ruby>と<ruby>胡椒<rt>こしょう</rt></ruby>で
<ruby>味<rt>あじ</rt></ruby>つけします。

sa.n ni hi.ki.ni.ku o i.re.te i.ta.me shi.o to ko.sho.o de
a.ji.tsu.ke.shi.ma.su

將絞肉放到3裡炒，再用鹽和胡椒粉調味。

5

つぶしたじゃが<ruby>芋<rt>いも</rt></ruby>に<ruby>4<rt>よん</rt></ruby>を<ruby>加<rt>くわ</rt></ruby>えて<ruby>混<rt>ま</rt></ruby>ぜます。

tsu.bu.shi.ta ja.ga.i.mo ni yo.n o ku.wa.e.te ma.ze.ma.su

將4加到壓碎的馬鈴薯裡混合。

6

<ruby>小判形<rt>こばんがた</rt></ruby>に<ruby>形<rt>かたち</rt></ruby>を<ruby>整<rt>ととの</rt></ruby>えます。

ko.ba.n.ga.ta ni ka.ta.chi o to.to.no.e.ma.su

將形狀調整成橢圓形。

7

小麦粉、卵、パン粉の順に衣をつけ、
180度の油で揚げます。

ko.mu.gi.ko ta.ma.go pa.n.ko no ju.n ni ko.ro.mo o tsu.ke
hya.ku.ha.chi.ju.u.do no a.bu.ra de a.ge.ma.su

依麵粉、蛋、麵包粉的順序裏上麵衣，用一百八十度的油
去炸。

8

できあがりです。

de.ki.a.ga.ri de.su

完成。

9

カラッと揚げるには、油の温度を下げない
よう2、3個ずつ揚げることです。

ka.ra.t.to a.ge.ru ni wa a.bu.ra no o.n.do o sa.ge.na.i
yo.o ni sa.n.ko zu.tsu a.ge.ru ko.to de.su

想要炸得酥酥脆脆的，就要不讓油溫下降，每次只炸二、
三個。

PART 5

お好み焼き
o.ko.no.mi.ya.ki
什錦燒

1

キャベツを千切りにし、いかを食べやすい
大きさに切ります。

kya.be.tsu o se.n.gi.ri ni shi i.ka o ta.be.ya.su.i o.o.ki.sa ni
ki.ri.ma.su

高麗菜切成細絲，花枝切成方便吃的大小。

2

長芋をすりおろしておきます。

na.ga.i.mo o su.ri.o.ro.shi.te o.ki.ma.su

山芋磨成泥備用。

3

ボウルに小麦粉（こむぎこ）を入（い）れて、だし汁（じる）と2を加（くわ）えよく混（ま）ぜます。

bo.o.ru ni ko.mu.gi.ko o i.re.te da.shi.ji.ru to ni o ku.wa.e
yo.ku ma.ze.ma.su

將麵粉放進缽裡，加入柴魚昆布湯頭和2，仔細攪拌。

4

キャベツといか、桜海老（さくらえび）、卵（たまご）を3に入（い）れてさらに混（ま）ぜます。

kya.be.tsu to i.ka sa.ku.ra.e.bi ta.ma.go o sa.n ni i.re.te
sa.ra.ni ma.ze.ma.su

將高麗菜和花枝、櫻花蝦、蛋放進3裡，再次混合。

5

フライパンにサラダ油（あぶら）を熱（ねっ）して4の生地（きじ）を入（い）れ、その上（うえ）に豚（ぶた）ばら肉（にく）をおきます。

fu.ra.i.pa.n ni sa.ra.da.a.bu.ra o ne.s.shi.te yo.n no ki.ji o
i.re so.no.u.e ni bu.ta.ba.ra.ni.ku o o.ki.ma.su

平底鍋上沙拉油加熱，放入4的麵糊，並在它的上面放上豬五花肉。

6

中火（ちゅうび）で3分（さんぷん）くらい焼（や）いたら、ひっくり返（かえ）して中（なか）まで火（ひ）を通（とお）します。

chu.u.bi de sa.n.pu.n ku.ra.i ya.i.ta.ra hi.k.ku.ri.ka.e.shi.te
na.ka ma.de hi o to.o.shi.ma.su

用中火煎三分鐘左右，翻面煎到中心熟透為止。

7

お皿に盛ってソースとマヨネーズをぬり、
鰹節をのせます。

o.sa.ra ni mo.t.te so.o.su to ma.yo.ne.e.zu o nu.ri
ka.tsu.o.bu.shi o no.se.ma.su

盛放盤上，塗上醬汁和美乃滋，並放上柴魚。

8

できあがりです。

de.ki.a.ga.ri de.su

完成。

9

焼くときに生地を押しつけると、硬くなる
ので気をつけてください。

ya.ku to.ki ni ki.ji o o.shi.tsu.ke.ru to ka.ta.ku na.ru no.de
ki o tsu.ke.te ku.da.sa.i

煎的時候如果用力壓麵糊，就會變得硬硬的，所以要小
心。

Recipe 6 オムライス
o.mu.ra.i.su
蛋包飯

① 玉葱をみじん切りにし、ベーコンと
マッシュルームを切ります。
ta.ma.ne.gi o mi.ji.n.gi.ri ni shi be.e.ko.n to
ma.s.shu.ru.u.mu o ki.ri.ma.su
將洋蔥切成碎末狀之後,切培根和蘑菇。

② 熱したフライパンにサラダ油を敷き、1を
入れます。
ne.s.shi.ta fu.ra.i.pa.n ni sa.ra.da.a.bu.ra o shi.ki i.chi o
i.re.ma.su
在加熱過的平底鍋上均勻放入沙拉油,再放入1。

3 玉葱が透き通ったら、ご飯を入れて炒めます。

ta.ma.ne.gi ga su.ki.to.o.t.ta.ra go.ha.n o i.re.te
i.ta.me.ma.su

待洋蔥熟透之後，放白飯進去炒。

4 ３にケチャップを加えて炒めます。

sa.n ni ke.cha.p.pu o ku.wa.e.te i.ta.me.ma.su

加蕃茄醬到3裡炒。

5 ４をお皿にとりだし、卵を溶いて塩と胡椒をふります。

yo.n o o sa.ra ni to.ri.da.shi ta.ma.go o to.i.te shi.o to
ko.sho.o o fu.ri.ma.su

將4取出放到盤上，打好蛋撒入鹽和胡椒。

6 バターの入ったフライパンに溶き卵を入れ、大きくかき混ぜます。

ba.ta.a no ha.i.t.ta fu.ra.i.pa.n ni to.ki.ta.ma.go o i.re
o.o.ki.ku ka.ki.ma.ze.ma.su

在放入奶油的平底鍋上，倒入打好的蛋，大幅度地攪拌。

⑦

<ruby>卵<rt>たまご</rt></ruby>が<ruby>半熟<rt>はんじゅく</rt></ruby>になったら、<ruby>4<rt>よん</rt></ruby>を<ruby>真<rt>ま</rt></ruby>ん<ruby>中<rt>なか</rt></ruby>において<ruby>包<rt>つつ</rt></ruby>みます。

ta.ma.go ga ha.n.ju.ku ni na.t.ta.ra yo.n o ma.n.na.ka ni o.i.te tsu.tsu.mi.ma.su

待蛋半熟時，把4放到正中間包起來。

⑧

できあがりです。

de.ki.a.ga.ri de.su

完成。

⑨

ケチャップごはんは<ruby>火<rt>ひ</rt></ruby>をとめてから<ruby>包<rt>つつ</rt></ruby>みましょう。<ruby>中<rt>なか</rt></ruby>が<ruby>半熟<rt>はんじゅく</rt></ruby>のままでおいしいです。

ke.cha.p.pu.go.ha.n wa hi o to.me.te ka.ra tsu.tsu.mi.ma.sho.o na.ka ga ha.n.ju.ku no ma.ma de o.i.shi.i de.su

蕃茄醬炒飯等熄火以後再包住吧！中間半熟的狀態，才會好吃。

PART 5

Recipe 7 あさりのスパゲッティ

a.sa.ri no su.pa.ge.t.ti

海瓜子義大利麵

1 あさりを水に浸して砂出ししておきます。

a.sa.ri o mi.zu ni hi.ta.shi.te su.na.da.shi.shi.te o.ki.ma.su

海瓜子泡水吐沙備用。

2 にんにくとパセリをみじん切りにします。

ni.n.ni.ku to pa.se.ri o mi.ji.n.gi.ri ni shi.ma.su

蒜頭和荷蘭芹切成碎末。

3 フライパンにオリーブオイルを熱し、にんにくを入れます。

fu.ra.i.pa.n ni o.ri.i.bu.o.i.ru o ne.s.shi ni.n.ni.ku o i.re.ma.su

平底鍋上橄欖油加熱，放入蒜頭。

4 3にあさりを加え、口が開くまで炒めます。

sa.n ni a.sa.ri o ku.wa.e ku.chi ga hi.ra.ku ma.de i.ta.me.ma.su

將海瓜子加入3裡，炒到開口為止。

5 4にパセリを入れて炒め、白ワインを加えアルコールを飛ばします。

yo.n ni pa.se.ri o i.re.te i.ta.me shi.ro.wa.i.n o ku.wa.e a.ru.ko.o.ru o to.ba.shi.ma.su

把荷蘭芹放入4中炒一炒，加入白酒，讓酒精揮發。

6 塩で味つけします。

shi.o de a.ji.tsu.ke.shi.ma.su

用鹽調味。

7

お湯で茹でたスパゲッティを 6 に加え、
混ぜ合わせます。

o yu de yu.de.ta su.pa.ge.t.ti o ro.ku ni ku.wa.e
ma.ze.a.wa.se.ma.su

把用開水燙熟的義大利麵加到6裡混合。

8

できあがりです。

de.ki.a.ga.ri de.su

完成。

9

スパゲッティを茹でるときは、硬めの
アルデンテにします。

su.pa.ge.t.ti o yu.de.ru to.ki wa ka.ta.me no a.ru.de.n.te
ni shi.ma.su

燙煮義大利麵時，要燙煮到芯還有一點硬的硬度。

^{Recipe} *8* クリームシチュー
ku.ri.i.mu.shi.chu.u
奶油燉肉

1

鶏肉を一口大に切り、塩と胡椒をして小麦粉
をまぶします。

to.ri.ni.ku o hi.to.ku.chi.da.i ni ki.ri shi.o to ko.sho.o o
shi.te ko.mu.gi.ko o ma.bu.shi.ma.su

將雞肉切成一口大小，加上鹽和胡椒粉之後，再裹上麵
粉。

2

玉葱とじゃが芋、にんじんを食べやすい
大きさに切ります。

ta.ma.ne.gi to ja.ga.i.mo ni.n.ji.n o ta.be.ya.su.i o.o.ki.sa
ni ki.ri.ma.su

將洋蔥和馬鈴薯、紅蘿蔔，切成方便吃的大小。

PART 5

3

大きめの鍋にサラダ油を敷き、1と2をよく炒めます。

o.o.ki.me no na.be ni sa.ra.da.a.bu.ra o shi.ki i.chi to ni o yo.ku i.ta.me.ma.su

大一點的鍋子裡均勻放入沙拉油，好好地將1和2炒一炒。

4

3に水と固形ブイヨンを加えて煮立たせ、アクをとります。

sa.n ni mi.zu to ko.ke.e.bu.i.yo.n o ku.wa.e.te ni.ta.ta.se a.ku o to.ri.ma.su

在3裡加入水和高湯塊，煮開，除去渣。

5

4にふたをして15分くらい煮込みます。

yo.n ni fu.ta o shi.te ju.u.go.fu.n ku.ra.i ni.ko.mi.ma.su

4蓋上鍋蓋，熬煮十五分鐘左右。

6

火をとめて、クリームシチューのルーを割って入れます。

hi o to.me.te ku.ri.i.mu.shi.chu.u no ru.u o wa.t.te i.re.ma.su

熄火，剝開奶油燉肉的湯塊放入。

7

再び火をつけて牛乳を入れ、塩と胡椒で
味を調えます。

fu.ta.ta.bi hi o tsu.ke.te gyu.u.nyu.u o i.re shi.o to
ko.sho.o de a.ji o to.to.no.e.ma.su

再次開火，倒入牛奶，用鹽和胡椒粉調味。

8

できあがりです。

de.ki.a.ga.ri de.su

完成。

9

最後に白ワインをちょっと入れると、
さっぱりとした大人の味になります。

sa.i.go ni shi.ro.wa.i.n o cho.t.to i.re.ru.to sa.p.pa.ri to
shi.ta o.to.na no a.ji ni na.ri.ma.su

最後稍微加一點白酒的話，就會變成清爽俐落的大人口
味。

マカロニグラタン

ma.ka.ro.ni.gu.ra.ta.n

焗烤通心麵

1

熱湯に塩を入れて、マカロニを茹でておきます。

ne.t.to.o ni shi.o o i.re.te ma.ka.ro.ni o yu.de.te
o.ki.ma.su

在熱開水中加入鹽，通心麵燙煮好備用。

2

玉葱を薄切りにし、鶏肉としめじを
食べやすい大きさに切ります。

ta.ma.ne.gi o u.su.gi.ri ni shi to.ri.ni.ku to shi.me.ji o
ta.be.ya.su.i o.o.ki.sa ni ki.ri.ma.su

洋蔥切成薄片，再將雞肉和鴻禧菇切成方便吃的大小。

3

フライパンにバターを溶かして2を炒めます。

fu.ra.i.pa.n ni ba.ta.a o to.ka.shi.te ni o i.ta.me.ma.su

在平底鍋上將奶油融化，炒2。

4

玉葱がしんなりしたら、小麦粉を加えて
からめます。

ta.ma.ne.gi ga shi.n.na.ri.shi.ta.ra ko.mu.gi.ko o
ku.wa.e.te ka.ra.me.ma.su

待洋蔥軟了之後，加入麵粉和在一起。

5

牛乳を4に入れて強火で混ぜ、塩と胡椒を
ふります。

gyu.u.nyu.u o yo.n ni i.re.te tsu.yo.bi de ma.ze shi.o to
ko.sho.o o fu.ri.ma.su

將牛奶放入4，用大火混合，撒上鹽和胡椒粉。

6

1を加え、ピザ用チーズを3分の1加えて
混ぜます。

i.chi o ku.wa.e pi.za yo.o chi.i.zu o sa.n.bu.n no i.chi
ku.wa.e.te ma.ze.ma.su

加入1，並加入三分之一的披薩用的起士絲混在一起。

7

グラタン皿（ざら）に6を入れ、チーズをのせて
オーブンで焦（こ）げめがつくまで焼（や）きます。

gu.ra.ta.n.za.ra ni ro.ku o i.re chi.i.zu o no.se.te o.o.bu.n
de ko.ge.me ga tsu.ku ma.de ya.ki.ma.su

將6放入焗烤盤，覆上起士絲，用烤箱一直烤到有點焦為
止。

8

できあがりです。

de.ki.a.ga.ri de.su

完成。

9

バターと小麦粉（こむぎこ）は焦（こ）がさないよう、手（て）を
すばやく動（うご）かしましょう。

ba.ta.a to ko.mu.gi.ko wa ko.ga.sa.na.i yo.o te o
su.ba.ya.ku u.go.ka.shi.ma.sho.o

為了不讓奶油和麵粉焦掉，手要快速攪動哦！

Recipe 10 ポテトサラダ
po.te.to.sa.ra.da
馬鈴薯沙拉

① 卵を硬く茹で、みじん切りにしておきます。

ta.ma.go o ka.ta.ku yu.de mi.ji.n.gi.ri ni shi.te o.ki.ma.su

蛋燙煮到全熟，切成碎末備用。

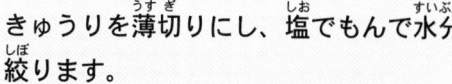
**② きゅうりを薄切りにし、塩でもんで水分を
絞ります。**

kyu.u.ri o u.su.gi.ri ni shi shi.o de mo.n.de su.i.bu.n o
shi.bo.ri.ma.su

小黃瓜切成薄片，用鹽搓揉，將水分擰乾。

PART 5

3

ハムを食べやすい<ruby>大<rt>おお</rt></ruby>きさに<ruby>切<rt>き</rt></ruby>ります。

ha.mu o ta.be.ya.su.i o.o.ki.sa ni ki.ri.ma.su

將火腿切成方便吃的大小。

4

じゃが<ruby>芋<rt>いも</rt></ruby>を<ruby>茹<rt>ゆ</rt></ruby>でて<ruby>皮<rt>かわ</rt></ruby>を<ruby>剥<rt>む</rt></ruby>きます。

ja.ga.i.mo o yu.de.te ka.wa o mu.ki.ma.su

將馬鈴薯燙煮後去皮。

5

4を<ruby>鍋<rt>なべ</rt></ruby>に<ruby>入<rt>い</rt></ruby>れて<ruby>強火<rt>つよび</rt></ruby>でから<ruby>煎<rt>い</rt></ruby>りし、<ruby>水分<rt>すいぶん</rt></ruby>を<ruby>飛<rt>と</rt></ruby>ばします。

yo.n o na.be ni i.re.te tsu.yo.bi de ka.ra.i.ri.shi su.i.bu.n o to.ba.shi.ma.su

將4放入鍋中用大火乾煎，使水分揮發。

6

じゃが<ruby>芋<rt>いも</rt></ruby>が<ruby>熱<rt>あつ</rt></ruby>いうちに、つぶして<ruby>酢<rt>す</rt></ruby>を<ruby>加<rt>くわ</rt></ruby>え、<ruby>冷<rt>さ</rt></ruby>まします。

ja.ga.i.mo ga a.tsu.i u.chi ni tsu.bu.shi.te su o ku.wa.e sa.ma.shi.ma.su

馬鈴薯趁熱搗碎，加醋冷卻。

7

ろく に いち に さん い しお こしょう
6に1、2、3を入れ、塩と胡椒、
す あじ
マヨネーズ、酢で味つけします。

ro.ku ni i.chi ni sa.n o i.re shi.o to ko.sho.o ma.yo.ne.e.zu
su de a.ji.tsu.ke.shi.ma.su

在6裡放入1、2、3，用鹽和胡椒粉、美乃滋、醋調味。

8

できあがりです。

de.ki.a.ga.ri de.su

完成。

9

のこ
ポテトサラダが残ったら、コロッケにしたり
ぎょうざ かわ つつ あ
餃子の皮に包んで揚げても、おいしいです。

po.te.to.sa.ra.da ga no.ko.tta.ra ko.ro.k.ke ni shi.ta.ri
gyo.o.za no ka.wa ni tsu.tsu.n.de a.ge.te mo o.i.shi.i de.su

如果馬鈴薯沙拉還有剩下的話，可以把它做成可樂餅，或
是包在餃子皮裡頭炸，也很好吃。

^{Recipe}
11 ^{にく}肉じゃが
ni.ku.ja.ga
馬鈴薯燉肉

1

じゃが芋の皮を剥き、食べやすい大きさに切ります。

ja.ga.i.mo no ka.wa o mu.ki ta.be.ya.su.i o.o.ki.sa ni ki.ri.ma.su

馬鈴薯去皮，切成方便吃的大小。

2

^{たまねぎ}玉葱と^{ぎゅうにく}牛肉を^き切ります。

ta.ma.ne.gi to gyu.u.ni.ku o ki.ri.ma.su

切洋蔥和牛肉。

3

お湯でしらたきを茹で、5、6センチの長さ
に切ります。

o yu de shi.ra.ta.ki o yu.de go ro.ku se.n.chi no na.ga.sa
ni ki.ri.ma.su

用開水燙煮蒟蒻絲，切成五、六公分長。

4

鍋にサラダ油を敷き、玉葱を炒めます。

na.be ni sa.ra.da.a.bu.ra o shi.ki ta.ma.ne.gi o
i.ta.me.ma.su

鍋中均勻放入沙拉油，炒洋蔥。

5

4に1、2、3を入れ、全体に油がまわる
よう炒めます。

yo.n ni i.chi ni sa.n o i.re ze.n.ta.i ni a.bu.ra ga ma.wa.ru
yo.o i.ta.me.ma.su

把1、2、3放入4中，炒到全部材料都佈滿油。

6

5に水を入れ、砂糖と酒、味醂、醤油で
味つけします。

go ni mi.zu o i.re sa.to.o to sa.ke mi.ri.n sho.o.yu de
a.ji.tsu.ke.shi.ma.su

加水到5裡，用砂糖和酒、味醂、醬油調味。

7

火を弱火にし、落としぶたをして煮汁が
なくなるまで煮ます。

hi o yo.wa.bi ni shi o.to.shi.bu.ta o shi.te ni.ji.ru ga
na.ku.na.ru ma.de ni.ma.su

轉小火，蓋上比鍋緣小的鍋蓋，燉煮至湯汁收乾為止。

8

できあがりです。

de.ki.a.ga.ri de.su

完成。

9

煮込み料理は冷ますと味がしみこむので、
翌日はもっとおいしくなっています。

ni.ko.mi.ryo.o.ri wa sa.ma.su to a.ji ga shi.mi.ko.mu no.de
yo.ku.ji.tsu wa mo.t.to o.i.shi.ku na.t.te i.ma.su

燉煮的料理，涼了以後會更入味，所以第二天會變得更好
吃。

Recipe 12

ぎゅうどん
牛丼

gyu.u.do.n

牛肉蓋飯

1
たまねぎ　ぎゅう　　にく　た　　　　　　　　おお
玉葱と牛ばら肉を食べやすい大きさに
き
切ります。

ta.ma.ne.gi to gyu.u.ba.ra.ni.ku o ta.be.ya.su.i o.o.ki.sa ni
ki.ri.ma.su

將洋蔥和牛五花肉切成方便吃的大小。

2
　　　　　　　　じゅっ　　　　　き　　　　　　　　いっぷん
しらたきを10センチに切ってから、1分
　　　　ゆ
ほど茹でます。

shi.ra.ta.ki o ju.s.se.n.chi ni ki.t.te ka.ra i.p.pu.n ho.do
yu.de.ma.su

將蒟蒻絲切成十公分之後，約燙煮一分鐘。

3

だし汁に玉葱を入れて煮ます。

da.shi.ji.ru ni ta.ma.ne.gi o i.re.te ni.ma.su

將洋蔥放進柴魚昆布湯頭裡燉煮。

4

3に醤油と酒、砂糖、塩を入れます。

sa.n ni sho.o.yu to sa.ke sa.to.o shi.o o i.re.ma.su

把醬油和酒、砂糖、鹽放入3裡。

5

4に牛肉としらたきを加え、ふたをして煮ます。

yo.n ni gyu.u.ni.ku to shi.ra.ta.ki o ku.wa.e fu.ta o shi.te ni.ma.su

在4裡加入牛肉和蒟蒻絲，蓋上鍋蓋燉煮。

6

しょうがをすりおろして5に入れます。

sho.o.ga o su.ri.o.ro.shi.te go ni i.re.ma.su

把薑磨成泥，放入5。

7

どんぶりにご飯をよそい、6をのせます。

do.n.bu.ri ni go.ha.n o yo.so.i ro.ku o no.se.ma.su

在大碗上盛放白飯，蓋上6。

8

できあがりです。

de.ki.a.ga.ri de.su

完成。

9

お好みで紅しょうがや半熟卵をのせると、いろんな味が楽しめます。

o ko.no.mi de be.ni.sho.o.ga ya ha.n.ju.ku.ta.ma.go o no.se.ru to i.ro.n.na a.ji ga ta.no.shi.me.ma.su

隨個人喜好，放上紅薑或半熟蛋的話，可以享受各種滋味。

海老フライ

e.bi.fu.ra.i

炸蝦

1

海老は頭と尾を残して殻を外します。

e.bi wa a.ta.ma to o o no.ko.shi.te ka.ra o ha.zu.shi.ma.su

蝦子留下頭和尾，去殼。

2

海老の背わたを取り、おなかの部分に３か所切り込みを入れます。

e.bi no se.wa.ta o to.ri o.na.ka no bu.bu.n ni sa.n.ka.sho ki.ri.ko.mi o i.re.ma.su

挑出蝦腸，肚子的部分切三刀。

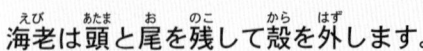

3 2に塩と胡椒をふります。

ni ni shi.o to ko.sho.o o fu.ri.ma.su

2撒上鹽和胡椒粉。

4 3に小麦粉をまぶし、余分な粉を落とします。

sa.n ni ko.mu.gi.ko o ma.bu.shi yo.bu.n.na ko.na o o.to.shi.ma.su

3裹上麵粉，拍掉多餘的粉末。

5 卵を溶いて、4をつけます。

ta.ma.go o to.i.te yo.n o tsu.ke.ma.su

打好蛋，沾在4上。

6 5にパン粉をつけてサラダ油で揚げ、お皿に盛ります。

go ni pa.n.ko o tsu.ke.te sa.ra.da.a.bu.ra de a.ge o sa.ra ni mo.ri.ma.su

5沾麵包粉，用沙拉油炸，裝盤。

7

千切りにしたキャベツを添え、ソースを
かけます。

se.n.gi.ri ni shi.ta kya.be.tsu o so.e soo.su o
ka.ke.ma.su

添上切成細絲的高麗菜，淋上醬汁。

8

できあがりです。

de.ki.a.ga.ri de.su

完成。

9

海老に切り込みを入れると、海老が縮まず
きれいにできあがります。

e.bi ni ki.ri.ko.mi o i.re.ru to e.bi ga chi.ji.ma.zu ki.re.e ni
de.ki.a.ga.ri.ma.su

在蝦子上劃上刀痕，蝦子才不會捲縮，炸得很漂亮。

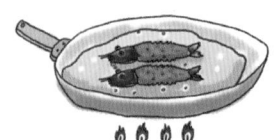

Recipe 14 焼き餃子

ya.ki.gyo.o.za

煎餃

1 キャベツをみじん切りにします。

kya.be.tsu o mi.ji.n.gi.ri ni shi.ma.su

將高麗菜切成碎末。

2 ボウルに1と豚ひき肉、しょうが汁、胡麻油、醤油、酒、片栗粉を入れます。

bo.o.ru ni i.chi to bu.ta.hi.ki.ni.ku sho.o.ga.ji.ru
go.ma.a.bu.ra sho.o.yu sa.ke ka.ta.ku.ri.ko o i.re.ma.su

鉢中放入1和豬絞肉、薑汁、麻油、醬油、酒、太白粉。

PART 5

3

2を粘りが出るまでこねます。

ni o ne.ba.ri ga de.ru ma.de ko.ne.ma.su

將2搓揉到出現黏度為止。

4

3を餃子の皮にのせ、ひだをつけながら口を閉じます。

sa.n o gyo.o.za no ka.wa ni no.se hi.da o tsu.ke.na.ga.ra ku.chi o to.ji.ma.su

將3放在餃子皮上，一邊打褶、一邊封住開口。

5

フライパンを熱してサラダ油を敷き、4を並べます。

fu.ra.i.pa.n o ne.s.shi.te sa.ra.da.a.bu.ra o shi.ki yo.n o na.ra.be.ma.su

平底鍋加熱，均勻放入沙拉油，把4排好。

6

皮の底がきつね色になったら、水を加えてふたをし、蒸し焼きにします。

ka.wa no so.ko ga ki.tsu.ne.i.ro ni na.t.ta.ra mi.zu o ku.wa.e.te fu.ta o shi mu.shi.ya.ki ni shi.ma.su

待餃子皮的底變成金黃色時，加水蓋上鍋蓋悶煎。

7 醤油と酢、ラー油を合わせてつけだれを
作ります。

sho.o.yu to su ra.a.yu o a.wa.se.te tsu.ke.da.re o
tsu.ku.ri.ma.su

將醬油和醋、辣油混在一起,做成沾醬。

8 できあがりです。

de.ki.a.ga.ri de.su

完成。

9 餃子をくっつきにくくするには、フライパン
をよく熱してから焼くことです。

gyo.o.za o ku.t.tsu.ki.ni.ku.ku su.ru ni wa fu.ra.i.pa.n o
yo.ku ne.s.shi.te ka.ra ya.ku ko.to de.su

若要餃子不那麼容易沾鍋,要徹底加熱平底鍋之後再煎。

15 おでん
o.de.n
關東煮

1

<ruby>大根<rt>だいこん</rt></ruby>は<ruby>厚<rt>あつ</rt></ruby>さ2センチの<ruby>輪切<rt>わぎ</rt></ruby>りにし、<ruby>皮<rt>かわ</rt></ruby>を<ruby>剥<rt>む</rt></ruby>いて<ruby>硬<rt>かた</rt></ruby>めに<ruby>茹<rt>ゆ</rt></ruby>でておきます。

da.i.ko.n wa a.tsu.sa ni.se.n.chi no wa.gi.ri ni shi ka.wa o mu.i.te ka.ta.me ni yu.de.te o.ki.ma.su

白蘿蔔切成二公分厚的圓筒狀，去皮，燙煮到有點硬度備用。

2

こんにゃくはさっと<ruby>茹<rt>ゆ</rt></ruby>で、<ruby>両面<rt>りょうめん</rt></ruby>に<ruby>浅<rt>あさ</rt></ruby>く<ruby>切<rt>き</rt></ruby>り<ruby>込<rt>こ</rt></ruby>みを<ruby>入<rt>い</rt></ruby>れておきます。

ko.n.nya.ku wa sa.t.to yu.de ryo.o.me.n ni a.sa.ku ki.ri.ko.mi o i.re.te o.ki.ma.su

蒟蒻快速汆燙，二面淺淺劃幾刀備用。

3

鍋に味醂とだし汁、醤油を加えて煮汁を
作ります。

na.be ni mi.ri.n to da.shi.ji.ru sho.o.yu o ku.wa.e.te ni.ji.ru
o tsu.ku.ri.ma.su

鍋子裡加入味醂、柴魚昆布湯頭、醬油，煮成滷汁。

4

3に、こんにゃくや大根など味の
しみこみにくい具を入れて煮込みます。

sa.n ni ko.n.nya.ku ya da.i.ko.n na.do a.ji no
shi.mi.ko.mi.ni.ku.i gu o i.re.te ni.ko.mi.ma.su

把蒟蒻或白蘿蔔等不容易入味的材料，放入3中燉煮。

5

残りの具を全て鍋に入れ、弱火で４０分ほど
煮込みます。

no.ko.ri no gu o su.be.te na.be ni i.re yo.wa.bi de
yo.n.ju.p.pu.n ho.do ni.ko.mi.ma.su

把剩下的材料全部放進鍋裡，用小火燉煮約四十分鐘。

6

いったん火を止め冷まして味をしみこませ、
食べるときに再度温めます。

i.t.ta.n hi o to.me sa.ma.shi.te a.ji o shi.mi.ko.ma.se
ta.be.ru to.ki ni sa.i.do a.ta.ta.me.ma.su

先關一次火使其冷卻入味，要食用時再次加熱。

7

食べたい具をお皿にとり、からしや七味など
を添えてもいいです。

ta.be.ta.i gu o o sa.ra ni to.ri ka.ra.shi ya shi.chi.mi na.do
o so.e.te mo i.i de.su

把想吃的料放在盤上，添加黃芥末或七味粉等亦可。

8

できあがりです。

de.ki.a.ga.ri de.su

完成。

9

煮込みながらときどき具に汁をかけて
あげましょう。愛情を注げば注ぐほど、
おいしくなります。

ni.ko.mi.na.ga.ra to.ki.do.ki gu ni shi.ru o ka.ke.te
a.ge.ma.sho.o a.i.jo.o o so.so.ge.ba so.so.gu ho.do
o.i.shi.ku na.ri.ma.su

一邊燉煮，一邊也時時幫材料淋上湯汁吧！越灌注愛情，
就會變得越好吃。

16 天ぷら
te.n.pu.ra
天婦羅

いかは食^たべやすい大^{おお}きさに切^きり、丸^{まる}まらないよう切^きり込^こみを入^いれます。

1

i.ka wa ta.be.ya.su.i o.o.ki.sa ni ki.ri ma.ru.ma.ra.na.i yo.o ki.ri.ko.mi o i.re.ma.su

花枝切成方便吃的大小，劃幾刀讓花枝不要捲起來。

海老^{えび}は殻^{から}を剥^むいて背^せわたをとり、切^きり込^こみを入^いれます。

2

e.bi wa ka.ra o mu.i.te se.wa.ta o to.ri ki.ri.ko.mi o. i.re.ma.su

蝦子剝殼去蝦腸，劃上幾刀。

PART 5

3

なす いも はち あつ わ ぎ
茄子とさつま芋は８ミリ厚さの輪切りに
します。

na.su to sa.tsu.ma.i.mo wa ha.chi.mi.ri a.tsu.sa no
wa.gi.ri ni shi.ma.su

茄子和地瓜切成八公厘厚的圓片狀。

4

こ むぎ こ
小麦粉をよくふるっておきます。

ko.mu.gi.ko o yo.ku fu.ru.t.te o.ki.ma.su

麵粉仔細篩過備用。

5

たまご れいすい あ よん い てばや
卵と冷水を合わせて４を入れ、手早く
ま ころも つく
さっくりと混ぜて衣を作ります。

ta.ma.go to re.e.su.i o a.wa.se.te yo.n o i.re te.ba.ya.ku
sa.k.ku.ri to ma.ze.te ko.ro.mo o tsu.ku.ri.ma.su

將蛋和冰開水混合倒入4，迅速地大致攪拌一下，做成麵
衣。

6

あぶら ひゃくはちじゅう ど ねっ ぐ あ
サラダ油を１８０度に熱し、具を揚げて
いきます。

sa.ra.da.a.bu.ra o hya.ku.ha.chi.ju.u.do ni ne.s.shi gu o
a.ge.te i.ki.ma.su

將沙拉油加熱到一百八十度，一一炸食材。

7

天つゆと大根おろしを合わせて添えます。

te.n.tsu.yu to da.i.ko.n.o.ro.shi o a.wa.se.te so.e.ma.su

將天婦羅柴魚醬油和蘿蔔泥混合附上。

8

できあがりです。

de.ki.a.ga.ri de.su

完成。

9

天ぷらをカラッと揚げるには、よく冷えた水で衣を作ることです。

te.n.pu.ra o ka.ra.t.to a.ge.ru ni wa yo.ku hi.e.ta mi.zu de ko.ro.mo o tsu.ku.ru ko.to de.su

想把天婦羅炸得酥酥脆脆，要用確實冰過的水做麵衣。

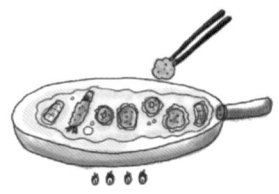

17 すき焼き

su.ki.ya.ki

壽喜燒

① しらたきは5分ほど茹でて、冷めてから
食べやすい大きさに切ります。

shi.ra.ta.ki wa go.fu.n ho.do yu.de.te sa.me.te ka.ra
ta.be.ya.su.i o.o.ki.sa ni ki.ri.ma.su

蒟蒻絲燙煮五分鐘左右，等涼了以後，切成方便吃的大
小。

② 白菜は5センチ幅に切り、葱は斜め薄切りに
します。

ha.ku.sa.i wa go.se.n.chi ha.ba ni ki.ri ne.gi wa na.na.me
u.su.gi.ri ni shi.ma.su

白菜切成五公分寬，蔥斜切成薄片。

3

鍋に酒と味醂を入れて火にかけ、アルコール
を飛ばします。

na.be ni sa.ke to mi.ri.n o i.re.te hi ni ka.ke a.ru.ko.o.ru o
to.ba.shi.ma.su

鍋子裡加入酒和味醂後開火，讓酒精蒸發。

4

3に1と2を入れます。

sa.n ni i.chi to ni o i.re.ma.su

在3裡加入1和2。

5

だし汁と砂糖、味醂、酒、醤油を合わせ、
割りしたを作っておきます。

da.shi.ji.ru to sa.to.o mi.ri.n sa.ke sho.o.yu o a.wa.se
wa.ri.shi.ta o tsu.ku.t.te o.ki.ma.su

將柴魚昆布湯頭和砂糖、味醂、酒、醤油混合，做成湯頭
備用。

6

フライパンに牛脂を入れて牛肉を炒めます。

fu.ra.i.pa.n ni gyu.u.shi o i.re.te gyu.u.ni.ku o
i.ta.me.ma.su

平底鍋放入牛油後炒牛肉。

PART 5

7

6に残りの具を入れて5を加え、ちょっと
煮ます。

ro.ku ni no.ko.ri no gu o i.re.te go o ku.wa.e cho.t.to
ni.ma.su

把剩下來的食材放到6裡，再加入5，稍微燉煮一下。

8

できあがりです。（お好みで溶き卵をつけて
いただきます）

de.ki.a.ga.ri de.su o ko.no.mi de to.ki.ta.ma.go o
tsu.ke.te i.ta.da.ki.ma.su

完成。（隨個人喜好，可沾打好的蛋享用。）

9

鉄製の「すき焼き鍋㊟」で煮込みながら
食べると、もっとおいしくなります。
㊟日系のデパートで購入できます。

te.tsu.se.e no su.ki.ya.ki.na.be de ni.ko.mi.na.ga.ra
ta.be.ru to mo.t.to o.i.shi.ku na.ri.ma.su

用鐵製的「壽喜燒鍋㊟」一邊燉煮一邊吃的話，會變得更
好吃。㊟日系的百貨公司可以買到。

Recipe 18 きゅうりの醤油漬け
kyu.u.ri no sho.o.yu.zu.ke
小黃瓜醬油漬物

きゅうりを1センチ幅の輪切りにし、ボウル に入れます。

kyu.u.ri o i.s.se.n.chi ha.ba no wa.gi.ri ni shi bo.o.ru ni i.re.ma.su

小黃瓜切成一公分寬的圓筒狀，放入鉢中。

しょうがを千切りにし、1と混ぜます。

sho.o.ga o se.n.gi.ri ni shi i.chi to ma.ze.ma.su

薑切成細絲，和1混合。

3

塩と醤油、水、味醂、酢、だしの素を鍋に入れて沸騰させます。

shi.o to sho.o.yu mi.zu mi.ri.n su da.shi no mo.to o na.be ni i.re.te fu.t.to.o.sa.se.ma.su

將鹽和醬油、水、味醂、醋、柴魚昆布高湯粉放入鍋中，使其沸騰。

4

3を2に加え、冷蔵庫で一晩漬け込みます。

sa.n o ni ni ku.wa.e re.e.zo.o.ko de hi.to.ba.n tsu.ke.ko.mi.ma.su

將3加到2裡，在冰箱醃漬一晚入味。

^{Recipe} 19 もやしのからし酢味噌漬け

mo.ya.shi no ka.ra.shi.su.mi.so.zu.ke

豆芽黃芥末醋味噌漬物

1

沸騰したお湯にもやしを入れて湯がきます。

fu.t.to.o.shi.ta o yu ni mo.ya.shi o i.re.te yu.ga.ki.ma.su

將豆芽放到沸騰的水中汆燙。

2

1に火が通ったらざるにあげます。

i.chi ni hi ga to.o.t.ta.ra za.ru ni a.ge.ma.su

待1熟了之後放到竹簍上。

PART 5

3

白味噌とからし、砂糖、酢を混ぜ、2を
加えて和えます。

shi.ro.mi.so to ka.ra.shi sa.to.o su o ma.ze ni o ku.wa.e.te
a.e.ma.su

將白味噌和黃芥末、砂糖、醋混合，把2加進去拌一拌。

4

できあがりです。

de.ki.a.ga.ri de.su

完成。

5

漬物は味だけじゃなく、シャキシャキとした
歯ごたえも大事です。

tsu.ke.mo.no wa a.ji da.ke ja na.ku sha.ki.sha.ki to shi.ta
ha.go.ta.e mo da.i.ji de.su

漬物不只是味道而已，清脆的口感也很重要。

Recipe 20 かぼちゃの味噌汁

ka.bo.cha no mi.so.shi.ru

南瓜味噌湯

1 かぼちゃは種をとって2センチ角に切り、皮をところどころ剥きます。

ka.bo.cha wa ta.ne o to.t.te ni.se.n.chi ka.ku ni ki.ri ka.wa o to.ko.ro.do.ko.ro mu.ki.ma.su

南瓜去籽，切成二公分塊狀，有的地方削皮、有的地方不削。

2 飾りと香りの役目を果たす葱は、薄切りにしておきます。

ka.za.ri to ka.o.ri no ya.ku.me o ha.ta.su ne.gi wa u.su.gi.ri ni shi.te o.ki.ma.su

擔任裝飾和香氣功用的蔥，切成薄片備用。

PART 5

3

かぼちゃをかぶるくらいの水で7分くらい
茹でます。

ka.bo.cha o ka.bu.ru ku.ra.i no mi.zu de na.na.fu.n
ku.ra.i yu.de.ma.su

用大約能覆蓋的水，燙煮南瓜約七分鐘。

4

だし汁を火にかけます。

da.shi.ji.ru o hi ni ka.ke.ma.su

開火煮柴魚昆布湯頭。

5

4に3のかぼちゃを入れて2、3分茹でます。

yo.n ni sa.n no ka.bo.cha o i.re.te ni sa.n.pu.n
yu.de.ma.su

將3的南瓜放入4裡，燙煮二、三分鐘。

6

いったん火をとめて、味噌を溶き入れます。

i.t.ta.n hi o to.me.te mi.so o to.ki.i.re.ma.su

先熄一下火，把味噌溶進去。

7

ろく ふたた ひ ねぎ ち に た まえ
6を再び火にかけて葱を散らし、煮立つ前に
ひ と
火を止めます。

ro.ku o fu.ta.ta.bi hi ni ka.ke.te ne.gi o chi.ra.shi ni.ta.tsu
ma.e ni hi o to.me.ma.su

將6再度開火，撒上蔥，要煮開之前熄火。

8

できあがりです。

de.ki.a.ga.ri de.su

完成。

9

みそ かお かねつじかん なが き
味噌の香りは加熱時間が長いと消えてしまう
に た まえ ひ と
ので、煮立つ前に火を止めましょう。

mi.so no ka.o.ri wa ka.ne.tsu.ji.ka.n ga na.ga.i to ki.e.te
shi.ma.u no.de ni.ta.tsu ma.e ni hi o to.me.ma.sho.o

味噌的香味，加熱時間一長就會消失，所以要在煮開之前
熄火。

Recipe 21 鯖の味噌煮
sa.ba no mi.so.ni
味噌滷鯖魚

鯖の皮部分に格子状の切り込みを入れます。

1

sa.ba no ka.wa bu.bu.n ni ko.o.shi.jo.o no ki.ri.ko.mi o
i.re.ma.su

在鯖魚的皮上劃幾刀成格子狀。

**1を熱湯にくぐらせてから氷水につけ、水気
をとります。**

2

i.chi o ne.t.to.o ni ku.gu.ra.se.te ka.ra ko.o.ri.mi.zu ni
tsu.ke mi.zu.ke o to.ri.ma.su

將1在熱水中汆燙後，沾上冰水，除去水分。

3

しょうがを薄切りにし、葱を斜めの小口切りにします。

sho.o.ga o u.su.gi.ri ni shi ne.gi o na.na.me no ko.gu.chi.gi.ri ni shi.ma.su

薑切成薄片，蔥斜切成小段。

4

鍋に味噌と味醂、酒、水を入れて混ぜ合わせます。

na.be ni mi.so to mi.ri.n sa.ke mi.zu o i.re.te ma.ze.a.wa.se.ma.su

鍋中放入味噌和味醂、酒、水，攪拌混合。

5

4を中火で煮立たせ、3を加えます。

yo.n o chu.u.bi de ni.ta.ta.se sa.n o ku.wa.e.ma.su

用中火將4煮開，加入3。

6

鯖は皮目を下にして5に入れ、落としぶたをして5分ほど煮つめます。

sa.ba wa ka.wa.me o shi.ta ni shi.te go ni i.re o.to.shi.bu.ta o shi.te go.fu.n ho.do ni.tsu.me.ma.su

鯖魚有皮的那一面朝下，放入5裡，用比鍋緣小的鍋蓋蓋住，約五分鐘煮到收湯汁。

7

煮すぎるとしょっぱくなるので、火を弱火に
して気をつけながら煮ます。

ni.su.gi.ru to sho.p.pa.ku na.ru no.de hi o yo.wa.bi ni
shi.te ki o tsu.ke.na.ga.ra ni.ma.su

煮過頭的話會變太鹹，所以要轉小火，邊注意邊煮。

8

できあがりです。

de.ki.a.ga.ri de.su

完成。

9

落としぶたが家にないときは、アルミホイル
を使ってもいいです。

o.to.shi.bu.ta ga i.e ni na.i to.ki wa a.ru.mi.ho.i.ru o
tsu.ka.t.te mo i.i de.su

家裡沒有比鍋緣小的鍋蓋時，也可以用鋁箔紙。

たくさん食べてね。
ta.ku.sa.n ta.be.te ne
多吃點喔。

日語音韻表

	あ段	い段	う段	え段	お段
あ行	あ ア a	い イ i	う ウ u	え エ e	お オ o
か行	か カ ka	き キ ki	く ク ku	け ケ ke	こ コ ko
さ行	さ サ sa	し シ shi	す ス su	せ セ se	そ ソ so
た行	た タ ta	ち チ chi	つ ツ tsu	て テ te	と ト to
な行	な ナ na	に ニ ni	ぬ ヌ nu	ね ネ ne	の ノ no
は行	は ハ ha	ひ ヒ hi	ふ フ fu	へ ヘ he	ほ ホ ho
ま行	ま マ ma	み ミ mi	む ム mu	め メ me	も モ mo
や行	や ヤ ya		ゆ ユ yu		よ ヨ yo
ら行	ら ラ ra	り リ ri	る ル ru	れ レ re	ろ ロ ro
わ行	わ ワ wa				を ヲ o
	ん ン n				

246

〔濁音・半濁音〕

が ガ ga	ぎ ギ gi	ぐ グ gu	げ ゲ ge	ご ゴ go
ざ ザ za	じ ジ ji	ず ズ zu	ぜ ゼ ze	ぞ ゾ zo
だ ダ da	ぢ ヂ ji	づ ヅ zu	で デ de	ど ド do
ば バ ba	び ビ bi	ぶ ブ bu	べ ベ be	ぼ ボ bo
ぱ パ pa	ぴ ピ pi	ぷ プ pu	ぺ ペ pe	ぽ ポ po

〔拗音〕

きゃ キャ kya	きゅ キュ kyu	きょ キョ kyo	しゃ シャ sha	しゅ シュ shu	しょ ショ sho
ちゃ チャ cha	ちゅ チュ chu	ちょ チョ cho	にゃ ニャ nya	にゅ ニュ nyu	にょ ニョ nyo
ひゃ ヒャ hya	ひゅ ヒュ hyu	ひょ ヒョ hyo	みゃ ミャ mya	みゅ ミュ myu	みょ ミョ myo
りゃ リャ rya	りゅ リュ ryu	りょ リョ ryo	ぎゃ ギャ gya	ぎゅ ギュ gyu	ぎょ ギョ gyo
じゃ ジャ ja	じゅ ジュ ju	じょ ジョ jo	びゃ ビャ bya	びゅ ビュ byu	びょ ビョ byo
ぴゃ ピャ pya	ぴゅ ピュ pyu	ぴょ ピョ pyo			

國家圖書館出版品預行編目資料

日本媽媽教你的美食萬用句 新版 / 元氣日語編輯小組編著
-- 修訂初版 -- 臺北市：瑞蘭國際, 2023.09
256面；10.4×16.2公分 --（隨身外語系列；69）
ISBN：978-626-7274-62-0（平裝）
1.CST：日語 2.CST：讀本

803.18   112014941

隨身外語系列 69

日本媽媽教你的美食萬用句 新版

編著者｜元氣日語編輯小組
責任編輯｜葉仲芸、王愿琦
校對｜葉仲芸、こんどうともこ、王愿琦

日語錄音｜杉本好美・錄音室｜不凡數位錄音室
封面設計｜陳如琪・版型設計｜張芝瑜
內文排版｜張芝瑜、帛格有限公司・美術插畫｜614

瑞蘭國際出版

董事長｜張暖彗・社長兼總編輯｜王愿琦
編輯部
副總編輯｜葉仲芸・主編｜潘治婷
設計部主任｜陳如琪
業務部
經理｜楊米琪・主任｜林湲洵・組長｜張毓庭

出版社｜瑞蘭國際有限公司・地址｜台北市大安區安和路一段104號7樓之1
電話｜(02)2700-4625・傳真｜(02)2700-4622・訂購專線｜(02)2700-4625
劃撥帳號｜19914152 瑞蘭國際有限公司
瑞蘭國際網路書城｜www.genki-japan.com.tw

法律顧問｜海灣國際法律事務所　呂錦峯律師

總經銷｜聯合發行股份有限公司・電話｜(02)2917-8022、2917-8042
傳真｜(02)2915-6275、2915-7212・印刷｜科億印刷股份有限公司
出版日期｜2023年09月初版1刷・定價｜380元・ISBN｜978-626-7274-62-0